사랑하기 좋은 계절에

사랑하기 좋은 계절에

이묵돌

차례

펴내며
: 평범한 연인으로서의 우리

봄

여름

가을

겨울

마치며
: 사랑하는 것들에 대해

    연이와 나는 평범하게 사랑하는 연인이다. 사랑하는 사람이 특별하게 여겨진다는 것은 아주 평범한 일이다. 그래서 여기서 평범하다는 건 무척 특별하다는 의미기도 하다. 적어도 특별함이란 사랑의 가장 기본적인 조건이고, 특별하지 않으면 평범한 사랑이라 할 수 없다는 게 내 생각이다. 떡이 들어가지 않은 떡볶이를 도저히 떡볶이라고 할 수 없듯이 말이다. 맛이야 어떻든 간에⋯⋯.

    뭇 연인들이 그렇듯 우리에게도 몇 가지의 특별함이 있다. 첫 만남이 다름 아닌 오락실 농구 게임 덕분이었다는 것, 만난 지 한 달도 안 돼 동거를 시작했다는 것, 누구 할 것 없이 고양이에 환장한다는 것, 맞댄 손바닥 크기가 거의 똑같다는 것, 일을 같이 하는 바람에 하루 종일 집에 같이 있다는 것이며 주량이 엇비슷해 거의 비슷한 시점에 취한다는 것……. 사실 말하자면 끝도 없다. 사람은 사랑하는 대상에게선 그 어떤 특별함이라도 찾아낼 수 있기 때문이다. 어쩌면 몇 가지 특별함이 사랑을 만드는 것이 아니라, 사랑 자체가 모든 평범함을 특별함으로 뒤바꿔 버리는 힘을 가진 걸지도 모르겠다. 지루하기 짝이 없었던 그 영화라도 '처음으로 너와 함께 봤다'는 이유만으로 잊을 수 없는 명화가 돼버리듯 말이다.

　나는 죽고 싶었다. 비유적인 의미가 아니라 정말 그랬다. 사실 죽고 싶다는 마음은 '나는 정말 죽지 않으면 안 되겠어'라는 것보다는, '더 이상 살 이유가 있나? 없는 것 같은데…….'에 더 가깝다. 그래서 어떻게든 살아갈 이유─그러니까, 가족이든, 친구든, 꿈과 목표든, 아무튼 날 죽을 수 없도록 만드는 '소중한 어떤 것'들 모두─가 하나라도 있는 사람은 감히 죽을 생각도 할 수 없는 것이다. 그래서 내게 '죽고 싶은 사람이 어떻게 누군가를 사랑할 수 있느냐?'라는 질문은 좀 이상하다. 적어도 내가 죽고 싶었던 이유는 사랑하는 게 아무것도 없었기 때문이니까.

그래서 스물다섯의 나이로 생을 마감하겠답시고 수면제 수십 알을 삼켰다. 술기운에 저지른 짓이었다. 그날은 '뉴미디어 글쓰기' 강연에 연사로 참여했다가 회식을 끝내고 집으로 돌아온 참이었는데, 도저히 못 살겠다는 생각보다는 '흠, 이쯤에서 죽어보실까' 같은 기분에 가까웠던 것 같다. 어떻게 그럴 수 있느냐고 묻는다면, 세상에는 그런 일이 왕왕 일어난다는 대답밖에는 난 할 수가 없다.

안타깝게도 나는 보라매병원에서 소변줄을 꽂은 채 깨어났다. 머리가 어질하고 속이 메스꺼웠지만 생명에는 전혀 지장이 없었다. 세상일이라는 건 늘 이런 식이다. 얼마나 덧없이 죽어 나가는 게 사람인가 싶다가도, 죽고 싶어 환장한 사람에게는 좀처럼 허락되지 않는 게 죽음이기도 하다.

그렇게 퇴원한 나는 별수 없는 마음으로 집에 돌아와 글을 써 올렸다. 기억은 잘 안 나지만 대충 '내가 죽고 싶은 마음에 대해'라는 제목의 글이었던 것 같다. 별생각 없이 쓴 이 글이 얼마나 많은 걸 바꿔 버렸느냐? 이제와 하나씩 세어본다 한들 큰 의미도 없을 것이다. 다만 확실하게 말할 수 있는 게 하나 있다면, 내가 지금 이 책의 머리말을 쓰고 있는 것이 모두 그 하나의 글, 그리고 그 글을 통해 만난 지금 의 연인으로부터 말미암았다는 점이다. 꽤 멋진 일 이다.

태어나 처음 사랑하기 앞서 먼저 잃거나 떠나갈 것들을 두려워하는 사람은 없다. 모든 사람들의 첫 사랑이 특별한 동시에 더없이 비극적인 이유는 여기 에 있다. 사람은 오직 첫사랑에 있어 자신이 가진 모 든 것을 쏟아부을 수 있다. 공포 대신 짜릿한 희열 이, 불안함 대신 가슴 뛰는 설렘이 일상을 가득 채우 기 때문이다. 그래서 사랑해본 그 누구든지 처음에 는 쉽게 사랑을 배운다. 죽음을 상상하지 못하는 어 린아이들이 금방 스키에 속도를 붙이듯이.

사람은 적응의 동물이고, 세상의 거의 모든 일이 '처음이 힘든' 일들이지만, 사랑하는 일에 있어서만큼은 꼭 그렇지만도 않은 것이 사실이다. 거의 모든 사랑은 처음에 가장 아름답다. 그래서 많은 사람들은 인간의 사랑을 꽃에, 특히 봄에 금방 피었다 지는 벚꽃에 비유하곤 한다. 물론 엄밀히 따져보자면 벚꽃보다는 목련에 가까울 것이다. 벚꽃은 떨어진 뒤에도 한동안 아름답지만, 봄처럼 사랑한 이들의 말로는 딱히 아름답다곤 할 수 없는 경우가 대부분이니까. 땅에 떨어지자마자 이리저리 밟히고 으깨져 검고 탁한 색으로 끈적이는 목련이 더 적당한 비유 아닐까.(웃음)

여느 사람들처럼 나 역시 봄처럼 사랑한 시절이 있었다. 지금 떠올려 봐도 눈부시게 아름답고, 모든 게 새로웠으며, 매일 매일이 꿈같이 기억되는 시간이 있었다. 그러나 지나간 시간은 되돌아오지 않는다. 이 사실을 깨닫기까지 겪게 되는 고통의 크기는, 이전에 느꼈던 모든 행복의 합보다 더 크게 다가온다. 꽃처럼 지나치게 아름다운 모든 것들이 으레 그렇듯이, 우리의 사랑에도 끝은 있었다. 그리고 그 끝은 내가 악몽에서 상상한 것보다도 더 빠르고 잔인한 형태로 들이닥쳤다.

불과 몇 년 전, 나는 제주도에 홀로 배낭여행을 떠났다. 섬에 도착하고 그 이튿날, 나는 자전거를 빌려 타고 용두암을 올랐다. 어려서부터 자전거 타는 일에는 늘 자신이 있었다. 그래서였을까? 나는 내려오는 길에 지나치게 속도를 냈고, 그 결과 옆 도로에서 튀어나오는 차를 피하려다가 크게 넘어졌다. 정확하진 않지만 최소 5미터는 날아간 것으로 기억한다. 나는 한여름 햇볕에 잔뜩 달궈진 아스팔트 위로 오른쪽 어깨부터 내동댕이쳐졌으며, 덕분에 내 오른쪽 쇄골은 네 쪽으로 분질러졌다. 태어나 처음으로 겪은 골절상이었다.

그길로 서울에 돌아와 열흘간 병원 신세를 졌다. 자전거를 타다가 쇄골이 부러지는 일은 꽤 흔한 사고였다. 다만 나처럼 네 조각으로 분쇄되는 경우는 퍽 드문 경우였다. 조각난 뼈를 이어 맞추고, 철심을 박아 고정하는 수술은 다섯 시간이나 이어졌다. 마취에서 깨어난 나는 이십만 원짜리 무통 주사를 몇 번이나 눌러 넣었음에도 고통이 잦아들지 않는 통에 소리를 꽥 질렀다. 보다 못한 병동 수간호사가 냅다 모르핀을 꽂아 넣지 않았더라면 그대로 난동을 피웠을지 모를 일이다. 정말이지 오른쪽 몸통 절반에 불이 붙어 활활 타는 것 같은 아픔이었다.

물론 이런 경험을 한다고 해서 자전거 타는 법을 잊어버리거나 하는 일은 없었다. 나 역시 쇄골 골절 이후로 바퀴 두 개 달린 이동수단 자체에 대해 극심한 반감을 품게 되긴 했지만, 이따금 '어쩔 수 없는 상황'에 한해서 자전거를 타고 이동한 경우도 있었다. 그러나 자전거는 더 이상 예전의 내가 타던 '편리하고 재미있는 이동수단' 따위가 아니었다. 날 크게 상처 입힐 수 있으며 실제로 그런 적이 있는 무언가로 탈바꿈해버린 것이다. 난 떨리는 발끝을 잡고 열심히 페달을 밟아 돌렸지만, 도저히 어느 정도 이상의 속도는 낼 수 없었다. 마치 뇌리에 보이지 않는 브레이크라도 생겨버린 기분이었다.

그즈음의 사랑도 마찬가지였다. 나는 선뜻 진심을 담아 사랑한다고 말하는 일에, 이성적 설렘에 도취되는 일에, 새로운 사람과 새로운 경험을 하는 일에, 누군가를 위해서 미치도록 웃고 눈물 흘리는 일에, 더 나은 사람이 되고자 안간힘을 쓰는 일에, 근거도 없이 장밋빛 미래를 그리는 일에, 모든 게 다 잘 될 거라 믿으며 서로를 속이는 일에, 시간과 함께 변하는 서로의 모습을 부정하는 일에, 예고도 없이 불쑥 찾아올 이별을 두려워하는 일에, 마침내 끝장난 관계를 어쩔 수 없이 받아들이는 일 모두에 살아있기 힘들 만큼의 고통을 받았다. 나는 시간으로부터 남김없이 사랑하는 법을 배웠지만, 남김없이 사랑했을 때 겪게 되는 막대한 아픔과 두려움까지 함께 배웠던 것이다.

사람들은 봄이 지나간 뒤에야 두 번 다시 봄처럼 사랑할 수 없다는 사실을 깨닫는다. 지나간 봄을 그리워하면서, 어쩔 수 없이 다가오는 계절들을 혼자—또는 혼자보다 못한 우리—로서 지나쳐 보낸다. 한두 해가 지나고, 벚꽃이 피고 지는 일에 무감각해질 무렵의 나는 피상적이고 소모적인 관계만으로 스스로를 지탱하고 있었다. 상처받기 싫어서 먼저 상처를 줬고, 날 필요로 하는 사람들과 거래하듯 관계를 맺었다. 적정선을 넘지 않는, 무해하고 안전한 마음만 곁에 두다가 아주 약간의 책임이라도 내게 생길 것 같으면 망설임 없이 잘라냈다. 당시의 나는 죽지 못해 사는 쓰레기였다. 자기연민에 아주 푹 젖어서, 지나가는 곳마다 끝없는 우울을 묻히고 다니는 구제 불능의 인간이었다.

한때 내 곁에 있었던 좋은 사람들은 나로 인해 상

처받기를 거듭하다가, 끝내 견디지 못해 떠나가기를 반복했다. 사람이 살아가는 데 왜 사랑이 필요한지는 잘 알고 있었다. 그러나 이제 와 내 안의 어떤 것들을 사랑이라 할 수 있을지는 도무지 알 수가 없었다. 말해줄 사람도 더 이상 없었거니와 몇 번을 말해준들 알아들을 수 있는 정신 상태도 못됐다. 나는 한없이 추락하고 있었다. 살아갈 이유도 더는 없었다. 그래서 죽기로 결정했다. 어느 날 문득. 반 지하 방 창문에 비가 흠뻑 쏟아지는 날이었다.

열역학 제2 법칙에 의하면, 엔트로피는 증가하며 그 어떤 경우에도 감소하지 않는다. 우주가 멸망할 때까지, 영원히……

사람의 감정도 마찬가지였다. 한 번 뱉은 말은 돌이킬 수 없으며, 일그러지기 시작한 마음은 절대 처음으로 되돌아갈 수 없다. 돌바닥에 떨어트려 와장창 깨진 휴대폰 액정을 수리 센터에서 비싼 값을 주고 바꾼다 한들, 새로 샀던 그 시절의 휴대폰으로 되돌아가는 게 아닌 것처럼. 오랜 항해로 망가진 테세우스의 배를 새로운 나무로 고친다 한들, 처음 항구를 떠나던 그 마음만큼은 두 번 다시 느낄 수 없는 것처럼.

그럼에도 불구하고, 새로운 휴대폰을 사는 일이나 새로운 카누를 타고 모험을 떠나는 일이 모두 의미 없는 일로 전락하는 건 아니다. 때가 되면 사람들은 약속처럼 쓰던 휴대폰과 헤어져 새로운 기기를 마련한다. 떠나는 사람들은 자석에라도 이끌리는 것처럼, 금방 알을 깨고 나온 바다거북처럼 어떻게든 바다로 향하고 만다. 휴대폰이라는 게 원래 그런 것이고 배라는 게 원래 그런 것이기 때문이다. 지나는 계절과 사랑이 꼭 그러하듯이.

물론 끝이 있는 건 슬픈 일이다. 그러나 지금이라는 시간에, 과정에 의미가 있는 건 모두 끝이 존재하는 까닭이다. 영원히 끝나지 않는 영화를 보고 싶은 사람이 세상에 어디 있을까? 자라지 않을 새싹에 물을 주는 사람은 또 어디 있을까?

'내 생의 봄날은 간다'라는 오래된 노랫말을 기억한다. 봄은 물론 아름답고, 흐드러진 벚꽃보다 아름다운 것도 딱히 없지만, 나는 더 이상 봄을 기다리는 마음으로 살지 않기로 했다. 버티고 웅크리며 언젠가 추위가 가시기만을 기다리지 않기로 했다. 어느

해 어떤 날에 비로소 영원한 봄날이 와서, 또 영원히 지지 않을 벚꽃이 피리라고 생각지 않기로 했다.

대신 오직 이 순간, 이 마음에 내 전부를 쏟아 붓기로 했다. 부지런히 사랑하고, 끝없이 싸우고, 되돌릴 수 없는 말과 행동을 주고받고, 절대 잊을 수 없는 추억의 장소를 만들고, 또 멍청하게 영원을 약속하고, 다가오는 끝으로부터 아파하고, 지나간 시간들에 마음 아파하기로 했다. 언젠가 끝나게 될 사랑에 온전한 나를 바치기로 했다. 네 이름으로 글을 쓰고 책을 지어 세상에 내놓기로 했다. 먼 훗날 이 책이 내게 지울 수 없는 상처가 될지언정, 더는 두려워 않기로 했다. 꽃이 피면 지는 게 당연하듯이. 태어나 기쁘고 죽어가며 슬픈 것이 누구나의 인생이듯이. 벚꽃이 지더라도 계절처럼 돌아올 사람을 만나게 되면.

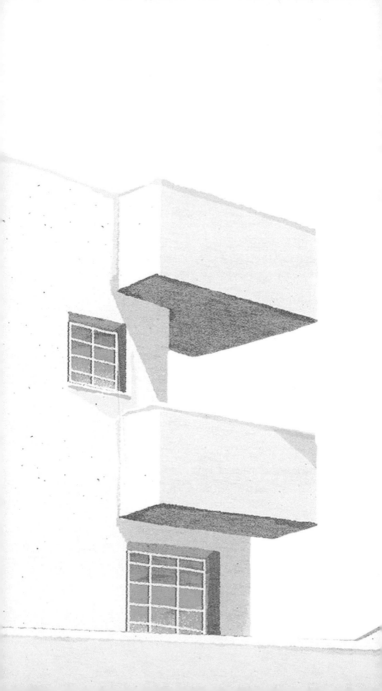

1부

봄

얼음이 녹고 매화가 핀다. 개나리와 벚꽃이
길가에 흐드러지고, 따뜻한 봄바람이 불어온
다. 이따금 꽃샘추위가 찾아와도 이제는 따뜻
해질 일만 남았다. 모든 게 잘될 것 같은 때.
모두들 거창하고 원대한 목표를 갖고 반드시
이루리라 장담하지만, 약속과 계획은 반드시
깨지라고 있는 것 같다.

입춘立春

얼음이 녹고 동면하던 벌레들이 깬다.
새들이 짝을 지어 돌아다닌다.

지금은 둘 다 서울에 살지만, 연이도 나도 서울에 연고라곤 하나도 없는 사람이다. 따지고 보면 조상부터 내리 서울에서만 산 사람이 얼마나 있겠냐 싶지만.

아는 이 한 명 없는 도시에 홀로 남는다는 건 누구에게도 쉽지 않은 일이다. 이제 막 대학생이 됐던 스무 살 때의 내겐 더욱 힘들었다. 당시의 나는 옷가지 몇 개와 책만 달랑 집어 들고 상경했는데, 할 줄 아는 거라곤 고작 일곱살 수준의 영어와 미적분 밖에는 없었다. 덕분에 갖은 시행착오를 다 겪어가면서, 겨우 자리 잡은 동네가 이곳 관악구 신림동이다.

사랑하기 좋은 계절에

한편, 이십 년 넘게 수원에서만 살던 연이가 처음 서울에 자리 잡은 곳은 건대입구역 근처였다. 왜 하필 건대입구역에 자취방을 잡았느냐고 물으니 '별 생각 없이 했다'는 대답이 돌아왔다. 부동산 거래를 중개하는 네이버 카페에서 적당히 뒤져보다가, 예산도 맞고 집에서도 가까우니 덜컥 계약해버렸다는 것이다. 도저히 대책이라곤 찾아볼 수 없는 것이 참 연이답다는 생각이 들었다. 나라고 별다를 게 있었던 건 아니지만. 둘 중에 한 명쯤은 대책 있는 인간이어도 좋잖아.

연이는 내가 사는 관악으로 와서 가장 좋은 점 중 하나가 '수원과 가까워져서'라고 했다. 실제로 우리가 사는 신림동에는 경기도로 빠져나가는 터널이며 도로가 꽤 잘 깔려있는 편이다. 출퇴근 시간을 제외하면 잘 막히는 법도 없다. 스피드레이싱을 즐기는 연이에게는 실로 안성맞춤인 루트다. 시속 120km가 넘게 무작정 밟아대다 보면, 사십 분도 안돼 수원에 도착해버리곤 한다.

가족이라는 말이 내게는 유독 겸연쩍다. 살면서 그

나마 '가족'이라고 할 수 있었던 건 외할머니와 엄마 뿐이었는데, 외할머니는 몇 년 전 돌아가셨고 엄마와는 크게 싸운 뒤 연락을 끊었다. 내가 가족에 대해 아는 사실이라곤 '세상에는 가족이라는 이름으로 남보다 심한 일을 하는 사람들이 많다는 것' 정도다.

그래서일까. 주말에 멀리 수원까지 내려와서, 여자친구의 가족들과 냉이며 미나리, 두릅 같은 걸 캐다 보면 이게 대체 무슨 일인가 싶다. 벌써 몇 번째인지, 이쯤 되면 적응할 법도 한데 영 쉽지 않다. 밭에서 직접 나물을 캐는 경험 자체도 처음이거니와 가족과 어떤 일을 같이 해본 것도 처음이었다. 나와 엄마가 하는 일은 항상 구분돼 있었기 때문이다. 나는 컴퓨터게임과 책 읽기, 엄마는 잠자기와 담배 피우기, 같은 식으로 말이다.

연이의 부모님은 수원의 교외에서, 그러니까 화성시 즈음(사실 난 잘 모른다)에서 사업을 하고 계신다. 해외에서 강철이며 알루미늄, 황동 등의 금속들을 들여와 가공하고 공급하는 회사인데, 그래서인지 넓은 입지가 필요했던 것 같다. 아무튼 그 근처에 마련된 텃밭이라고 해야 하나, 먹을 수 있는 나물 씨앗을 여기저기 심어놓은 부지 위에는 닭장도 몇 개 있

사랑하기 좋은 계절에

다. 어떤 수탉은 내 머리통보다도 훨씬 크고 건강해 보인다. 닭똥 냄새에 눈살을 찌푸리는 내 모습과 그런 날 지켜보며 깔깔 웃는 연이의 모습이 시골 풍경 위로 스며든다.

　수원에서 돌아오는 길이었다. 그날도 텃밭에서 뽑은 냉이 무더기며 삶은 계란을 한 광주리나 받았다. 나는 어째 모양새가 이상하게 느껴져서, '이러고 돌아가니까 우리 신혼부부 같다, 그치' 했다. 별 생각 없이 한 말이었다.
　"그럼, 결혼할 거니까."
　연이가 말했다. 운전대를 잡고 이제 막 고가도로로 넘어가려던 참이었다.
　"이런 거 다 받아도 될지 모르겠어. 다 먹지도 못할 텐데."
　나는 문득 병 찐 기분이 들어 말을 돌렸다.
　"원래 다 못 먹을 만큼 많이 주는 거야. 가족이잖아."
　"그렇구나. 그런데 나는……."
　"너도 가족이야. 우리 언니랑 고양이 라떼랑 엄마

아빠랑. 너랑 만난 지는 얼마 안 됐지만, 모두 널 좋아하고 아끼고 있어. 그럼 가족이지."

연이는 자못 태연한 투였다. 일부러 그랬는지도 모를 일이다. 어쩜 값싼 동정처럼 느껴질 수도 있는 말이었다. '너는 우리 가족이고 소중한 사람이야'같은 말은 더 그랬다. 난 이미 날 가족이라고 생각한다던 사람들에게 몇 번이나 버려진 일이 있었다.

다만 연이의 말은 '넌 당연히 가족이지, 무슨 바보 같은 소리를 하고 그래?'라는 뉘앙스였다. 내가 믿느냐 마느냐 하는 건 하등 문제도 아니라는 듯이.

사랑하기 좋은 계절에

우수雨水

봄바람이 불고 초목이 싹 튼다.
농사일에 앞서 장을 담그기 좋을 때.

연이는 그림에 관심이 많았다. 직접 그리는 것도, 보는 것도 모두 좋아했다. 평소에 진지함이라곤 찾아볼 수 없는 인간이, 나더러 이런저런 전시회를 같이 가자고 할 때만큼은 눈이 그렁그렁하게 빛나곤 한다.

한편, 나는 피카소가 아직도 살아있는 줄 알았다. 왠지는 모르겠는데 정말 그랬다. 유럽이나 북미 어디쯤에서 백발이 무성한 노인네로 가끔 인터뷰나 하고 있을 줄 알았다. 피카소가 수십 년 전에 이미 사망한 사람이고, 스페인 태생이라는 것. 대표작으로는 〈아비뇽의 처녀들〉, 〈게르니카〉 등이 있다는 사실들은 모두 내가 최근에 알게 된 것들이다. 인터넷으로 검색도 하고, 관련 문서를 찾아 훑고, 유튜브에서 무료 공개된 다큐멘터리를 보면서 피카소에 대해 공부했다. 그전까지 미술사 따위에는 관심도 없었던 주제에 말이다. 생각해보면 웃긴 일이다. 가장 좋아하는 화가가 누구냐는 내 질문에, 연이는 '아마도 피카소'라고 대답했던 것뿐이다.

우리는 파블로 피카소를 다룬 90분짜리 다큐멘터리를 보러 극장에 갔다. 전국에 상영관도 몇 없는 필름이었다. 어떻게 내 눈에 띄었는지 덜컥 표 두 장을 예매해버렸다. 연이는 언뜻 생경한 표정이었다.

"고마워." 연이가 말했다.

"뭐? 왜 고마운데?" 내가 물었다.

"나 때문에 예매해줘서. 피카소……."

"무슨 소리야? 내가 보고 싶어서 예매한 건데. 바빠서 못 갈 것 같으면 나 혼자서라도 가서 볼 거야."

내가 대답했다. 연이의 얼빠진 얼굴이 볼만했다.

"네가 피카소에 그렇게 관심이 많은 줄 몰랐어."

"없었는데, 생겼어. 네가 제일 좋아하는 화가라니까……. 언제 한번 〈게르니카〉는 실제로 꼭 보고 싶어. 돈 많이 벌면 스페인 여행도 같이 가자. 어때?"

내가 말했다. 묘한 분위기와 함께 상영관에 도착했다. 사람이 적어 객석이 절반도 차지 않았다.

"어땠어?"

연이가 물었다. 맞은편 스크린에서 엔딩 크레딧이 올라가고 있었다.

"재미있었어. 솔직히 졸 줄 알았는데."

"나 때문에 재밌다고 하는 거면 안 그래도 돼."

"정말 재밌었어. 왜 안 믿어? 나 원래 영화 리뷰어였는데. 꽤 유명한…….."

내가 말하자 연이가 크게 웃었다. 나도 함께 웃었다.

"네가 좋아하는 건 나도 좋아하고 싶으니까."

각자 좋아하던 것을 함께 좋아하게 되는 일만큼 즐거운 게 또 있을까.

연이는 책을 처음부터 끝까지 읽어본 경험이 별로 없다고 했다. 왜 그런지는 모르겠는데 늘 그랬다고,

나는 글 읽을 때 집중력이 너무 부족한 것 같다고 말했다.

그런데 연이를 만난 지 얼마 되지 않았을 때였다. 나는 〈위대한 개츠비〉, 〈인간 실격〉이며 〈달과6펜스〉 같이 내가 제일 좋아하는 책들을 추천해줬다. 연이는 얼마 되지도 않아서 이 책들을 다 읽었다. 그리고선 느닷없이 '나는 일본 문학이 잘 맞는 것 같아' 하더니, 〈노르웨이의 숲〉과 〈나는 고양이로소이다〉를 내 책장에서 꺼내 읽기 시작했다. '언젠가 읽어야지'하고 사놓고는 좀처럼 손이 가지 않았던 책도 있었다. 난 뭐랄까, 왠지 연이에게 선수를 빼앗기는 느낌이 들어서 한동안 책을 더 열심히 읽었다.

이에 질세라 연이도 무진 애를 쓰는 모양이었는데, 그러다 '우키요에'에 관심이 생겼는지 일본 민화풍의 그림도 몇 점 그리기 시작했다. 참, 어디로 튈지 모르는 고양이 같은 인간······.

경칩驚蟄

겨울잠을 자던 동물들이 땅 위로 나와 꿈틀
거린다. 이따금 눈보라와 꽃샘추위가 들이
닥치므로 대비가 필요하다.

사랑하기 좋은 계절에

사람은 별것도 아닌 일에 크게 싸운다. 오히려 '엄청나게 큰일' 앞에서는 싸우는 일이 적다. '엄청나게 큰일'이라는 것 자체가 싸울 만큼의 여유를 허락지 않는 정도라면 더욱 그렇다. 지나치게 큰일 앞에서는 분노나 짜증, 신경과민보다, 애틋하고 아련한 마음처럼 다른 감정이 앞서기 때문 아닐까. 가령 별것도 아닌 모기가 귀에서 앵앵거리는 것에는 화가 나지만, 엄지손가락만 한 바퀴벌레가 날아다니면 덜컥 겁부터 집어먹게 되는 것처럼 말이다. 아님 말고. 난 바퀴벌레가 아직 무섭다.

'별것도 아닌 일로 싸우는 것'의 가장 위험한 점

은, 나중에 가면 그 별것도 아닌 것 때문에 아등바등 악을 써대며 싸워대는 스스로에게 더 화가 난다는 부분이다. 그때 그 단어 하나 때문에, 표현 하나 때문에, 별생각 없이 한 행동 하나 때문에, 이 모든 일들이 일어났음을 쉽사리 받아들이기란 무척 어렵다. 참 웃긴 일이다. 내가 어마어마한 일에 있어서만 싸워야 할 만큼 대단한 인간도 아닌데.

나와 연이는 무척 자주 싸운다. 글만 보고 있자면 세상 이상적인 관계처럼 보일 수도 있겠다. 사실 말할 땐 꽤 있어 보이는 면이 있다. 남자친구가 쓰고, 여자친구가 그린다는 게. 뭇사람들에게는 퍽 낭만적으로 비치기도 할 것이다.

다만 어떤 사람과 어떤 일을 함께할 때, 그 사람과 '얼마나 친한지' '얼마나 가까운 사이인지' '얼마나 오래 알고 지냈는지' 따위는 아무짝에 쓸모가 없다. 하다못해 여행만 해도 그렇다. 수많은 여행 가운데 싸움이 가장 많이 일어나는 여행이 바로 가족여행과 커플 여행 아닌가.

나와 연이가 싸웠던 '별것 아닌 이유들'을 하나하

사랑하기 좋은 계절에

나 나열하고, 거기에 대한 기억들을 아주 대략적으로만 다 적는다면 이 책의 정가는 사만오천 원쯤 될 것이다. 페이지가 천 장을 넘어가면 대충 그 정도 가격은 하지 않을까? 물론 그전에 화가 잔뜩 난 출판사 편집자가 원고를 퇴짜 놓겠지만.

하루는 연이와 체스를 두다가 일이 터졌다. 요 경위를 정말 자세히 설명하면 너무 없어 보일 것 같으니까, 최대한 빨리 설명해 보겠다.

체스에는 '체크'와 '체크메이트'라는 게 있다. 장기에서는 각각 '장군', 그리고 '외통수'에 대응하는 개념이다. 체스든 장기든 왕이 죽으면 그대로 게임이 끝나는 법인데, '다음 턴에 막지 않으면 내가 네 왕을 죽이고 게임을 끝낼 수 있으니, 어디 한 번 막아보라'는 사인이 바로 '체크'고, '다음에 상대가 어떤 수를 두더라도 왕을 죽여 게임을 끝낼 수 있는 상황'이 바로 '체크메이트'이다.

한편, 수와 행마를 읽지 못하거나, 왕으로부터 멀리 떨어진 전선에 눈이 팔린 경우에는 스스로 체크가 되는 상황을 만들기도 한다. 이런 수는 온라인 체

스에서는 아예 둘 수 없게 돼 있고(사실상 항복 또
는 저주기와 다름없으니까), 체스를 좀 뒀다 싶은 사
람들이라면 왕을 무방비 상태로 만드는 상황 자체를
만들지 않는다. 다만 문제는 나나 연이나 터무니없
는 아마추어였다는 점이다.

"정말 그렇게 둘 거야?" 내가 말했다.

"응? 왜?" 연이가 대꾸했다.

"그렇게 두면 내가 네 퀸을 잡을 수 있는데……."

"아!"

연이는 상황을 뒤늦게 알아차리고 수 하나를 물렀
다. 내 입장에서는 게임 초반부터 퀸을 잡게 되면 너
무 루즈한 게임이 되지 않을까 싶어서 한 말이었다.
어차피 재미로 두는 거니까, 서로 최대한 재미있게
게임을 하는 것이 좋겠다고 생각한 것이다.

게임은 삼십 분쯤 더 이어졌다. 상황으로 말하자
면 꽤 비등비등한 상황이었다. 나는 연이의 퀸을 잡
았지만 연이는 내 룩을 모두 처리했고, 내가 후환을
없애기 위해 폰을 다 잡는 사이에 연이는 내 비숍을
잡아버렸다. 그런데 그즈음 나는 집중력이 다소 떨
어진 상태였고……. 그래서인지 예의 '왕을 무방비
로 만드는' 수를 아무 생각도 없이 둬버린 것이다.

"잡았다! 게임 끝!"

한순간에 벌어진 일이었다. 내가 실수를 하자마자 연이는 후다닥 내 킹을 잡아버리며 자신의 승리를 선언했다. 나는 어이가 없었다. 물론 실수를 하긴 했지만, 경고 정도는 해줄 수 있는 것 아닌가.

"아, 잘못 됐다. 미안해. 한 수 물러도 될까?"

나는 진심을 담아 이야기했다. 아슬아슬한 시점이긴 했지만, 장기전으로 갔을 땐 이길 자신이 충분히 있었던 상황이라 더 그랬다.

그러자 연이는

"무르는 게 어딨어? 한 번 두면 끝나는 거지!"

하고 받아쳤고, 나는

"아까 내가 물러줬는데 어떻게 그럴 수 있어?"

하고 되받아쳤다. 싸움은 늘 이렇게 시작되고, 어떤 시점에서는 도저히 되돌릴 수 없는 상황이 돼버린다. 사실은 되돌릴 수가 충분히 있지만, 그런 수들은 알량한 자존심인지 자격지심 때문에 논외가 된다. 진정성 있는 사과, 자기 잘못의 인정, 먼저 건네는 화해의 손길 같은 것들 말이다.

글로 써놓고 보니 둘 다 거기서 거기 같다. 다 큰 어른이 이렇게 유치한 걸로 치고받으니 한심하기까지 하다. 다만 나는 인간이 태생부터 유치한 동물이라는 입장이다. 유치하게 싸움을 시작했다면, 유치한 방법으로 꽤 그럴듯하게 해결을 볼 수도 있는 거 아닐까.

무진 다툰 뒤에는 밖으로 나왔다. 명분은 분리수거였지만, 명백한 도망이었다.

'도망이면 뭐 어때. 내 인생이 원래 그런데…….'

어쩌다 우리 집에서까지 도망 나오는 신세가 됐나 싶지만, 선선한 바깥바람을 쐬다 보면 한결 머리가 말끔해진다. 집 앞 교차로에서 깜빡이는 신호등과 파란불에 발맞춰 횡단보도를 건너는 사람들. 졸졸 흐르는 동네 하천과 그 옆을 산책하는 커플이며 털이 복슬한 강아지까지……. 가만히 바라보고 있노라면 스르르, 얼음이 녹기 시작한다. 이게 뭐라고 안 하고 있었을까? 툭 건드리면 깨질 살얼음이었는데.

나는 그길로 꽃집에 갔다. 그리고 장미며 안개꽃이 있는 꽃다발을 이만 원쯤 주고 샀다. 그대로 집에 돌아가니 연이는 어디론지 사라지고 없었다. 불현듯

괘씸한 마음이 들었지만(들어가자마자 주고 싶었기 때문에) 언제 올지 모르니 후다닥 손편지도 하나 써냈다. 이건 내가 잘하는 부분이다.

"…… 이게 뭐야?"

연이는 어리둥절한 표정이었다.

"미안해." 내가 말했다.

"빨리 받아줄래? 나도 무안하니까."

연이는 물끄러미 날 쳐다보다가, 유치해 죽겠어, 아주, 하고 중얼거리며 꽃과 편지를 받았다.

"싸울 때마다 꽃 사 올 거야?" 연이가 물었다.

"못 할 것도 없지. 꽃으로 될 것 같으면."

"돈도 많네. 앞으로 덜 싸우자는 얘기는?"

"그런 건 거짓말이잖아. 우린 앞으로도 계속 싸울 거야. 만나는 동안, 내내."

"그럼, 뭐 대책이 하나도 없는 거야?"

연이는 자못 당혹스러워 하며 말했다.

"계속 화해하는 것밖에 없지, 뭘." 내가 대답했다. "싸우고, 화해하고, 또 싸우고, 화해하고……. 그럴 수밖에 없어. 애초에 사랑하는 사람들끼리 '안 싸운다'는 것 자체가 말이 안 되잖아. 안 싸운다는 건 이 사람에게서 느껴지는 감정이 없다는 거고, 관심이

없으니 어찌 되든 상관없다는 거고, 그러다 보면 어
느 순간 멀어져서 헤어지게 되는 거 아닐까."

"일리가 있네."

"그럼. 내가 어디, 아예 말도 안 되는 얘기 하는
거 봤어?"

"응, 엄청 많이 봤지."

"젠장."

"아무튼 좋아. 그럼 약속하자."

"뭘?"

"계속 화해하자고."

"아…….." 나는 어안이 벙벙해진 채로 대답했다.

"그래, 쭉 화해하자. 계속."

그날 우리는 한참을 껴안고 있다가 넷플릭스 드라
마 한 편을 보고 함께 잠들었다. 그날 새벽에는 비가
꽤 쏟아졌다. 그 덕분인지, 다음 날 아침은 미세먼지
한 점 없이 화창했다.

춘분春分

낮이 밤보다 길어지기 시작한다. 꽃샘바람
이 불어 잠자는 나무를 흔들어 깨운다.

당시 나는 꽤 스트레스를 받고 있었다. 환절기에
다다라 몸이 안 좋아지기도 했지만, 여러 곳에 글을
써 보내야 하는 상황에서 며칠째 손도 대지 못했다
는 것이 주된 이유였다. 솔직히 몸이 그렇게 안 좋은
건 아니었지만, 딱 일을 못 할 만큼만 아팠던 것이
다. 이해가 잘 안 될 수 있다. 이해한다. 나도 가끔
그러니까.

집에 돌아온 연이가 '치과에 들러 사랑니를 빼고
왔다'고 처음 말했을 때, 난 별 대수롭지 않게 생각
했다. 예의상 많이 아프냐고 묻기야 했다. 그러자 연
이는 아직은 마취가 안 풀려서 모르겠다고 했다.

"그래도 먼젓번에 뺄 땐 거의 안 아팠거든. 이번에도 비슷하지 않을까 싶어."

"그래? 생이빨을 뽑는데 별로 안 아플 수도 있구나. 나는 뽑은 적이 없어서." 내가 말했다.

"언젠가 뽑아야 한다니까⋯⋯. 그냥 간 김에 뽑아 버렸어. 별일이야 있겠어?"

본격적인 진통은 그날 밤부터였다. 마취가 풀리자, 연이는 "으, 으으" 하며 앓는 소리를 내기 시작했다. 그러고 나서 침대에 머리를 처박곤 돌연 울먹이고 있었다.

난 그때 작업용 책상 앞에 앉아 머리를 붙잡고 있었는데, 뒤에서 뭔가 훌쩍이는 소리가 들려오자 부쩍 짜증이 났다. 난 짜증이 치솟는 나 자신을 이해할 수 없었다.

'연인이 우는 소리를 내면 안타까운 마음이 먼저 드는 게 정상 아닌가?'

나는 자책했다. 그래서 가까스로 마음을 고쳐먹고, 침대에 엎드려 누운 채 울던 연이 곁에 다가갔다.

"연아, 왜 그래. 많이 힘들어?"

난 가능한 최고로 상냥하게 이야기했다.

그럼에도 불구하고, 연이의 대답은

"그걸 몰라서 물어? 아파 죽겠는데 지금! 내가 아까 사랑니 뽑았다고 했어, 안 했어?"였다.

뭐, 사람이라면 그럴 수 있다. 나 역시 사랑니를 뺀 적은 없지만, 충치니 신경치료니 해서 치통을 여러 차례 겪어보아서 안다. 제아무리 이성적인 사람이라도 치통에는 성질을 내기 마련이다. 이성에서 이가 빠지면 성밖에 없지 않은가.

이가 아파 유독 히스테릭한 반응을 하는 것이 이해 못할 행동은 아니다. 상대에 대한 사랑, 그리고 약간의 측은지심이 있다면 충분히 이해할 수 있는 감정이었다. 평소였다면 분명 그랬을 텐데.

"야! 너는 무슨 말을 그렇게 하냐? 나는 나름 걱정돼서 한 말이었는데!"

나는 별안간 화를 내며 말했다.

"걱정됐으면 나가서 얼음팩이라도 하나 사 오지 그랬어? 속 답답한 소리만 골라서 한 주제에!"

연이는 지지 않고 받아쳤다. 나는 금방 얼굴이 붉으락푸르락했다. 어떻게 인간이 이럴 수 있는가, 남

의 속은 하나도 모르고, 같은 생각이 뇌리를 가득 메
웠다. 감정의 보가 무너지고, 막혀있던 스트레스가
물처럼 터져 나왔다.

"그러게, 가만있던 사랑니는 왜 괜히 뽑아가지고!
네가 뽑고 싶어서 뽑은 건데 왜 나한테 화를 내? 내
일 가서 나머지 두 개도 다 뽑아버리지 그래? 그리
고 와서 나한테 화풀이나 하라고!"

난 이런 상황이 되면 멈출 수가 없다. 상대방의 성
질을 긁는 소리를 멈추지 않고 해댄다. 치미는 감정
을 견디다 못해 상대방까지 나와 같은 흥분상태로
만들어버리려는 것이다. 더구나 이 버릇은 아무 것
도 해결하지 못하는 주제에, 급속도로 일을 크게 벌
여버린다. 지금껏 내가 알고 있는 내 최악의 버릇 가
운데 하나다.

세상에 있는 수많은 단어 중에서, 누군가에게 상
처 주는 말들은 너무나 찾기 쉽다. 얼마나 쉬운 일인
지 싸울 때만큼은 힘들여 찾을 필요도 없다. 화가 머
리끝까지 난 사람에겐 집안의 어떤 물건이든 흉기처
럼 보이듯이 말이다.

그러나 이미 벌어진 상처에 피가 멎고 아물기까지는 보다 어려운 말들과 오랜 시간이 필요하다. 망가트리는 것보다 고치는 게 더 쉬운 존재는 세상에 없다. 또 어떤 상처는 나아지기 위해 유독 많은 노력을 필요로 하고, 아무리 노력해봐야 되돌릴 수 없는 경우도 있다. 용케 다 아물고 더는 아프지 않다 한들 흉터는 남기 마련이다.

사랑하기 좋은 계절에

청명清明

하늘이 맑아지고 오동나무에 꽃이 핀다.
한낮의 더위와 새벽 서리가 오고 간다.
한기가 마지막 기승을 부릴 때.

그날 밤, 나와 연이는 아주 오랫동안 이야기를 나
눴다. 저녁부터 이야기를 시작해, 해가 뜨기 직전까
지 말했다. 상처를 주고받은 시간은 십 분도 채 되지
않았지만 그 상황을 이해하고 받아들이기까지는 수
십 또는 수백 배의 시간이 들었다. 데면데면한 기분
을 극복하고 원래의 일상을 되찾는 데는 시간 이상
의 용기가 필요했다.

　"난…… 우리가 그저 상황이 좋지 않았다고 생각
해."

　나는 소파에 몸통 절반을 기댄 채 말하고 있었다.

　"넌 잘 모르고 사랑니를 뺐고, 나는 일을 못 해 압

박을 받고 있었지."

"아니, 근데 '잘 모르고'라는 말은 왜 붙이는 거야?"

연이가 물었다. 이런 상황에선 대답을 조심해야 한다. 질문부터 조심하면 더 좋겠지만.

"잘 모르고 뺀 건 맞잖아. 전처럼 안 아플 줄로만 알았다며."

"하긴 그래." 연이는 한숨을 푹 쉬었다.

"심지어 생리까지 앞두고 있었으니까, 스트레스를 많이 받긴 했지. 나도 말이야."

"뭐라고?" 나는 깜짝 놀라 대꾸했다.

"음? 뭐?"

"방금 뭐라고 했어?"

"스트레스를 많이 받았다고 했어."

"아니, 그 전에 한 말 말이야."

"생리가 얼마 안 남았다고……. 왜?"

"아니, 정말이야?"

나는 급히 휴대폰을 꺼내 생리 주기 캘린더 앱을 실행해 띄웠다. 놀랍게도 연이의 월경은 이틀 남아 있었다. 아. 이걸 왜 몰랐지?

"왜 그렇게 놀라?"

"연아. 우리는 싸울 수밖에 없었어."

내가 문득 진지한 체를 하며 말했다.

"설마 너 지금 이게 다 나 때문이라고…… PMS(월경전 증후군) 때문이라고 말하고 싶은 거야?"

"아니, 너 때문이 아니라."

나는 연이의 눈길을 애써 피하면서 대답했다.

"대자연 때문이지. 굳이 말하자면……. 아니, 생각해봐. 지진이랑 해일이랑 초강력 태풍이 같은 날에 들이닥쳤어. 집이 안 무너지고 배겨? 그건 우리 탓이 아니지."

연이와 나는 집이 떠나가라 웃었다. 거뭇거뭇하던 창밖에 해가 밝아오고 있었다. 출출했던 우리는 라면을 끓여 먹었다. 허기를 채우고 나자 별안간 잠이 몰려왔다. 연이는 옆에 누운 지 일 분도 되지 않아 쌕쌕거리는 소리를 냈다. 난 침대가 놓인 벽 오른쪽으로 늘어트린 검은색 블라인드……. 그 윤곽선에서 수백, 수천 가닥으로 뻗쳐나오는 햇볕들을 헤아리다 곤히 잠들었다. 어찌나 깊게 잠들었는지 꿈 한 번 꾸지 못했다.

우리의 관계를 위해 우리 아닌 다른 것에 책임을 돌리는 건, 사실 무척 비겁한 짓이다. 본질적으로 해결을 보는 방법조차 아니다. 그러나—아예 잘라내는 것이 아니라면—관계에 명확한 해결이란 없고, 유지를 위해서라면 어떤 방편이라도 써야 하는 것 아닐까. 우리의 관계가 문제라고 우리 자체를 문제 삼는다면, 둘 중 하나가 사라지는 것밖에는 도리가 없지 않겠느냐고.

한편 우리의 사랑은 작은 돛단배 같다. 오래되고 낡은 나무를 써서 만든 배 말이다. 옅은 비바람에도 쉽게 구멍이 나고 물이 샌다. 파도가 조금 너울거리면 지진이라도 난 듯 흔들린다. 언제부터 표류했는지 방향도 목적지도 모른다.

그래도 우리는 갖은 고생을 해가며 구멍을 메우고, 낡아빠진 곳을 다듬어 광을 낸다. 제아무리 힘들다고 한들 다른 배로 갈아탈 생각은 없다. 세상에 완벽한 배란 없고, 침몰하지 않기 위해서는 오직 매일같이 고치고 메꾸는 방법뿐이라는 걸 이제는 알기 때문이다.

어쩌면 사랑의 목적지란 비바람 한 점 없는 어느 고요한 바다가 아니라, 오랫동안 함께 배를 고쳐줄 사람 그 자체일지도 모르겠다.

곡우穀雨

봄비가 내리고 곡식을 뿌리기 시작한다. 한
해 농사가 본격적으로 시작된다.

내가 스물네 번째 생일을 닷새 남겨두고 있었을 때였다. 연이를 처음 만난 건 서울대입구역 사번 출구 앞, 짱오락실 입구 맞은편에서였다.

그날 우리는 만나자마자 오락실 농구 게임을 두 판 했다. 연습 게임은 내가 이겼는데, 본 게임에서는 내가 아슬아슬한 차이로 졌다. 대충했던 건 아니고 적당히 하던 것처럼 했는데, 그때까지만 해도 나는 연이와 사귈 줄 전혀 알지 못했기 때문에 최선을 다하진 않았다. 만일 시간을 되돌아간다면 난 그 농구 게임에 사력을 다해 임할 것이다. 그럼 지금껏 누굴 만날 때마다 '남자친구랑 처음 만났을 때 농구 게임 했는데 내가 이겼어'하고 자랑할 수 없을 테니까.

연이를 처음 만났을 무렵의 나는 극심한 우울증에 시달리고 있었다. 이렇다 할 목표 하나 없이 방황하는 삶이 이어졌고, 강연이 있었던 어떤 날에는 수면제 수십 알을 집어먹고 자살을 시도했다. 다음 날 나는 보라매병원 응급실에서 눈을 떴다. 친한 친구의 도움으로 목숨을 건졌던 것이다.

그때만 해도 나는 내가 '자살에 실패한 것'이 다행인지 불행인지를 알 수 없었지만, 적어도 지금은 '그때 죽지 않아 다행이었다'고 말할 수 있을 것 같다. 만일 그때 죽었더라면, 열흘 뒤 지하철역 앞에서 연이를 만날 일도 없었을 테니까.

연이와의 첫 만남은 기이하기 짝이 없었다. 뭇 이십대 남녀가 만나는 방식과는 시작부터 달랐다. 우리는 만나자마자 농구 게임을 했고, 그다음에는 점심 내기 다트 게임을 했고, 근처에 있는 멕시코 음식점에서 타코 비슷한 것을 먹었다. 그때 나는 주문하면서 '아, 고수는 다 빼고 주세요'하고 덧붙였다. 연이가 사실은 고수풀을 뭉텅이로 우적우적

씹어 먹을 정도로 좋아하리라곤 상상하지 못했으니까. 아니, 그런 걸 누가 상상할 수 있었겠냐고?

아무튼 우리는 식사를 마치고 근처 길거리를 배회하다가 한 포차에 들어갔다. 창업했을 당시 팀원들과 함께 찾았던 곳이었다. 덕분에 꽤 복잡한 기분이었던 나와 달리, 연이는 노상 웃으며 막걸리를 퍼마시기 바빴다. 뭔 놈의 여자가 이렇게 술을 빨리, 많이 마시지? 어지간히 말술인 모양이라 조금 쫄았다. 나는 술이 약하면 약하지 센 편은 아니었다. 물론 연이도 마찬가지였는데, 나중에 물어보니 그날따라 유독 무리했다는 모양이었다. 보자마자 좋아진 걸 들키기 싫었다나. 나로선 영 이해가 안 되는 사유였지만.

자정이 다 됐을 무렵이었다. 그동안 나는 연이가 수원에서 살다가 세 달 전에 상경했다는 것, 대학생 시절 여러 차례 CC를 했다는 것, 내가 쓴 리뷰는 거의 읽어보지 못했다는 것이며 웃는 모습이 무척 사랑스럽다는 것, 그리고 취기가 돌면 볼 양쪽이 발그레해진다는 것을 알 수 있었다. 그동안 연이는 내 얼굴을 보면서 자주 웃었다. 당시의 나는 그런 모습을 보고 '내가 그렇게 웃기게 생겼나?'같은 생각을 했었으니 잔뜩 긴장을 하긴 했었던 모양이다.

한편 우리에게는 몇 가지 기묘한 공통점이 있었다. 얼마 전까지 스타트업에서 일했다는 것. 나는 내가 창업한 회사를 말아 먹은 지 1년도 채 지나지 않았고, 연이는 얼마 전까지 판교의 스타트업 캠퍼스에서 창업 멤버로 몇 달간 일을 했었던 것이다. 나는 투자 유치며 관계사 미팅 등의 이유로 판교를 자주 드나들었기 때문에, 어쩌면 판교 길거리에서 한 번쯤 연이를 마주쳤을 수도 있겠다는 생각이 들었다. 당연히 아니겠지. 판교에 사람이 얼마나 많은데!

연이는 자신이 대학 졸업 후 창업 팀에 합류하게 된 과정, 그동안 겪었던 여러 가지 어려움, 그리고 팀을 빠져나온 계기에 대해서 제법 상세하게 설명했다. 이전까지는 내가 하는 얘기를 가만히 듣는 쪽에 가까웠는데, 그 시점부터 스스로 이런저런 이야기를 꺼내놓는다는 것이 대화상대로서 내가 꽤 괜찮은 모양이네, 라는 생각이 들어 문득 기분이 좋았다. 그러고 보니 나도 웃고 있었다.

우리가 유독 공감하며 대화한 토픽은 인간관계에 대한 것이었다. 처음에는 스타트업에서의 기획자, 디자이너, 그리고 엔지니어들이 서로 소통하는데 일어나곤 하는 오해들을 이야기했다.

"서로 언어가 다른 것 같다는 생각을 해요."

그때만 해도 존댓말을 했던(서로 나이를 몰랐던 때였다) 연이가 말했다.

"기획자는 기획자의 언어가 있고, 디자이너는 디자이너의 언어가 있고……."

"개발자는 왜 빼놓는 거예요?"

나는 축 늘어지던 말을 붙잡아 물었다.

"글쎄, 개발자는 잘 모르겠어요. 도저히 감이 안 온다고 해야 하나. 통상적인 사람들과는 사고체계가 다른 것 같기도 하고."

"하긴 개발자 중에는 알고리즘으로 움직이는 것 같은 분도 더러 있죠."

나는 다소 짓궂게 맞장구쳤다.

"피부를 벗겨보면, 몸 절반은 기계로 돼 있을 걸요. 분명."

"아, 정말 그럴 것 같아요. 아하하……."

연이는 여태껏 웃은 것 중에서 가장 큰 소리로 웃었다.

엔지니어들에게 개인적인 악감정은 없다. 다만 스타트업 관계자들끼리 모인 자리에서 개발자 욕을 하면 십중팔구는 웃음이 터진다. 왜냐? IT계열 스타트업에서 개발자 한 명 없는 회사도 찾기 힘들거니와 또 그중에 서비스 개발 때문에 골치 한번 썩어보지 않은 사람은 아예 찾는 것이 불가능하기 때문이다. 이곳저곳 미팅을 하며 영업을 다니는 입장에서야 이만한 토픽도 없다. 심지어 같은 개발자들도 웃는다. 그러는 본인은 절대 아니라고 생각하니까. 이런 측면에서 연이가 개발자 포지션이 아니었다는 사실은 참으로 다행스러웠다.

"밖으로 나가자."

연이가 별안간 자리에서 일어나 말했다.

"걷고 싶어, 갑자기."

나는 화들짝 놀란 나머지 눈을 질끈 감았다 떴다. 취기로 인해 흐릿했던 초점이 다시 맞춰졌다. 아니, 방금 이 여자가 뭐라고 한 거지. 설마 밖에 나가서 걷자고 했나?

"지금 거의 새벽이라 엄청 추울 텐데……. 아, 잠깐만!"

내가 겨우 말을 꺼내는 동안, 연이는 내 오른쪽 손목을 붙잡아 건물 바깥 방향으로 끌어당겼다. 아무래도 술에 취해 미친 것 같았다. 집을 나설 당시 입고 나왔던 외투는 술집 의자에 걸려 있었다. 그래서 난 반팔 차림이었고, 그 상태로 새벽 추위에 노출됐다간 다음날 몸살이 날지도 몰랐다.

그러나 연이는 내가 느낄 추위나 두려움, 또는 당황스러움 따위야 아무래도 좋은 것처럼 보였다. 뭐 이런 인간이 다 있지. 그렇게 우리는 자정이 한참 넘은 새벽의 샤로수길(봉천동)을 십오 분쯤 걸어 다녔다. 취기 덕분인지 확실히 원래 느낄 추위보다는 좀 덜 추웠으나 그뿐이었다. 나는 턱을 오들오들 떨어가면서, 그 시각 불 꺼진 가게며 이따금 걸어 지나는 사람들의 행색들을 살피면서 걸었다. 그렇게라도 신경을 딴 데 두어야 겨우 버틸만한 상황이었다.

"아, 추워."

한동안 그저 걷고 있었던 연이가 말을 꺼냈다.

걷기 시작한 지 오 분은 지났나? 나는 연이가 대체 뭐 하는 인간인 건지, 정말로 인간의 페이소스를 가지고 있기는 한 건지 의구심이 들었다. 그런 생각을 하고 있던 내게 난데없이 팔짱을 걸어오는 그 여자……. 그 순간 내 뇌리에는 무언가 벼락같은 것이 들이닥쳤다. 차분히 정돈되어 있던 마음을 구석구석 헤집어놓기 시작했다. 그럴듯했던 껍데기가 죄다 엉망이 돼 사라지고, 마음에는 낡은 서랍장 하나만 덩그러니 남았다. 난 한숨을 크게 쉬었다. 그리고 서랍 가장 안쪽에 있던 것을 꺼내 먼지를 털었다.

그렇게 나는 사랑을 찾아냈다. 오랜 시간이 지난 어느 날 느닷없이 떠오른 것이다. 한때는 무엇과도 바꿀 수 없이 소중했던, 영영 잃어버린 줄로만 알았던 물건을, 죽도록 상처받았던 과거의 내가 서랍 속 깊숙한 곳에 함부로 처박아두고는 까맣게 잊어버렸다는 사실 말이다.

세상에서 내가 사랑하는 것이 몽땅 사라진 뒤에야 나는 깨달았다. 사람은 사랑하는 것 없이 살아갈 이유가 없다는 걸. 주제에 죽는 게 두려웠던지 뒤늦게 사랑을 찾아다녔다. 온갖 장소와 사람을 마구 뒤지고 들쑤시기를 계속해왔다.

그럼에도 불구하고 나는 그 어디에서 사랑의 흔적조차 찾을 수 없었다. 개똥도 약에 쓰려면 없다더니. 그런데 하필이면 그때 기억날 게 뭐람? 덕분에 이렇게 고생이란 고생은 다 하고.

"야, 너 지금 내가 개똥이다 이거야?"

마침 연이는 내 뒤에 서 있었다. 하필이면 이 대목을 쓸 때 걸리다니, 운도 지지리 없다. 잠깐 쉬면서 때를 기다리기로 했다. 이미 저질러버린 건 어쩔 수 없고, 우리는 시간을 두고 차근차근 수습해나가는 것보다 좋은 방법을 아직 찾지 못했다. 사랑도 글도 마찬가지라 하겠다. 일단은.

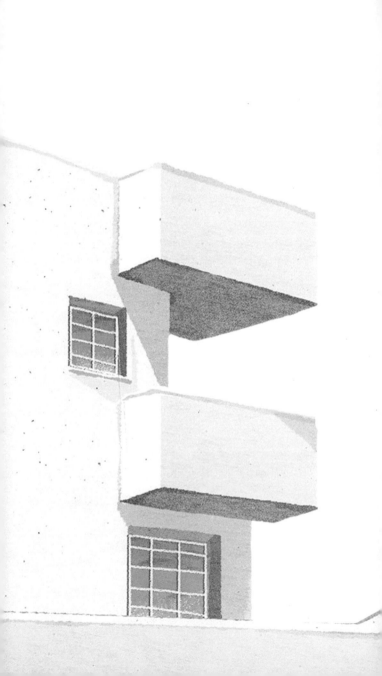

2부

여름

선선했던 봄이 지나고 뜨거운 여름이 닥쳤다.
엄청나게 내리쬐 무더운 날이 찾아왔다가, 또
어느 날은 잔뜩 흐려 우울한 날씨가 된다. 장
마가 들이닥치고, 태풍이라도 불면 삽시간에
많은 걸 잃어버리고 만다.

입하立夏

여름이 시작되고 농사일이 바빠진다. 반딧
불이가 나타나고 뻐꾸기가 울기 시작한다.

막차가 끊긴 시간보다 첫차가 뜨는 시간이 더 가까운 새벽이었다. 우리는 코트를 입고 지하철역 주변을 걷다가, 별다른 수도 없어 함께 택시를 타고 집으로 향했다.

집 주변에 택시를 내려 편의점에 들렀다. 빈손으로 가긴 괜히 멋쩍어서 맥주 네 캔을 더 샀다. 그 와중에 연이는 편의점 어딘가에서 자그마한 초콜릿 롤케이크를 집어 결제했다. 이천오백 원이었다. 그렇게 술에 취하고도 단 게 먹고 싶나보다, 하고 신기해하던 찰나였다.

"자!"

연이가 방금 결제한 케이크를 대뜸 내밀어오면서 말했다.

"좀 있으면 생일이라며? 이건 생일선물이야."

"…… 뭐라고?"

나는 어이가 없었다. 심지어 그 표정은 장난기 하나 없이 진지해서, 언뜻 광기처럼 비치기도 했다. 그래서 술기운을 잠시 제쳐두고 생각을 정리해봤다. 만약 이 여자가 날 기만하는 거라면 너무 터무니없는 방법을 쓰고 있는 셈이고, 진심으로 내게 잘 보이고 싶어서 하는 짓이라면 평범한 또라이일 것이다. 이때 난 대충 후자라고 결론지었는데, 나중에 돌이켜보니 실로 놀라운 판단력이었다.

"…… 마음에 안 들어?"

연이가 고개를 기웃거리며 물었다.

"응" 나는 고민하지 않고 대답했다.

"난 케이크 별로 안 좋아해서."

"에이, 그래도 생일은 케이크야. 케이크를 먹어야 생일이라니까?"

"난 생일 같은 거 안 챙겨. 어렸을 때부터 그랬어"

"내가 챙겨줄게. 이제부터." 연이가 말했다.

나는 말문이 막혔다. 그리고 불현듯 서러워 집으로 걸어 들어갔다. 반지하 계단 앞으로 가자 뒤따라오는 구두 굽 소리가 건물에 울려 퍼졌다.

나와 연이는 내 방 침대에 나란히 누웠다. 만난 지 겨우 다섯 시간 만에 일어난 일이었다. 나는 한참을 골몰하며 가만히 있었다. 그러자 견디다 못한 연이가 내 위로 몸을 포개며 입을 맞춰왔다.

"싫어?" 연이가 물었다.

"내가 여기까지 왜 왔다고 생각해?"

"그거 보통은 남자가 하는 대사 아니야?"

나는 어이없다는 투로 대꾸했다.

"대답이나 해."

"싫은 건 아니야, 단지…….."

"단지?"

"이렇게 하는 건 싫어. 이건 너무…….."

나는 적당한 어휘를 찾아내기 위해 무진 애를 썼다. 제기랄. 평소에도 잘 안 굴러가는 머리인데 알콜에 젖었으니 어련했을까 싶다.

"빨리 좀 말해. 벗어, 말어?"

"싫어." 내가 대답했다.

"싫다고? 왜?"

"너와의 관계를 이렇게 시작하는 건 싫어. 우리는
만난 지 대여섯 시간밖에 안 됐고······."

나는 아무렇게나 생각나는 대로 말하고 있었다.
그렇게라도 하지 않으면 아무 말도 할 수 없을 것 같
았다.

"난 소모적인 인간관계에 너무 지쳤어. 넌 어떨지
몰라도."

"무슨 소릴 하는 거야, 이런 건 나도 처음인데."

"그딴 건 상관없어."

나는 고개를 옆으로 홱 돌렸다.

"난 더 이상 아무한테도 상처 주고 싶지 않아. 내
가 어떻게 할 수 없는 내 마음 때문에······."

"상처 같은 거 안 돼."

"넌 아무것도 몰라서 그래."

"상처 안 되는데, 정말인데······."

연이는 못내 아쉽다는 것처럼, 계속해서 도발하고
있었다.

"아."

이성이 삽시간에 증발했다. 나는 연이의 몸을 거

꾸로 젖히고 귀를 깨물었다.

"이젠 나도 몰라."

아침 아홉 시쯤에 우리는 벌거벗은 채 잠에서 깼다. 나는 마주 누운 연이의 까만 눈동자를 바라봤다. 또 하얀 살결을 쓰다듬어보고, 따뜻한 몸을 꼭 껴안아 보기도 했다.

"오랜만에 깊게 잠들었어." 연이가 말했다.

"서울 올라와서 처음인 것 같아, 신기해."

"그래?"

나는 자못 살갑게 대꾸했다. 연이는 편안한 듯 눈을 감은 채 누워있었고, 창 너머에서 햇볕 몇 줄기가 희미하게 스며들었다. 난 어쩐지 이런 광경들이 매일같이 반복되리라는 생각이 들었다. 이렇다 할 이유도 하나 없이.

소만小滿

밀과 보리에 작은 이삭이 여문다. 모내기를
준비하기에 으뜸이다.

어느 주말 아침에는 TV 소리로 시끄러웠다. 연이는 연방 내 엉덩이를 때려대면서,

"커리가 벌써 삼십 점을 넣었어, 삼십 점을!"

하고 호들갑을 떨었다. 나는 그날 아침 농구 경기가 있다는 사실도 까맣게 잊고 있었다.

연이가 처음 NBA 경기 중계를 보게 된 건 나 때문이었는데, 이제는 어째 내가 연이를 따라 농구 경기를 보는 모양이 돼버렸다. 언제부턴가 선수 이름은 물론이고 경기 전후 인터뷰 영상까지 찾아볼 정도로 엄청난 팬이 된 것이다.

최근에는 같이 농구 연습도 하게 됐다. 처음엔 약

한 패스에도 너무 빠르다며 신경질을 내곤 하더니, 어느새 '카이리5' 농구화를 신고 점프슛 연습에 빠져있다. 하체와 손목을 잘 써야 한다고 조언하자 얼마 안 가 그럴듯한 폼으로 공을 던지게 됐다. 다만 잘할 때 잘하고 못할 때 죽어라 못 넣는 걸 보면 나랑 운동하는 성격도 판박이 같다.

  내가 서울에 온 지 얼마 안 됐을 때, 제일 힘들었던 것 중 하나가 함께 운동할 사람이 없다는 점이었다. 당시의 나는 야구에 푹 빠져 있었다. 그런데 야구라는 건 최소 두 명이 필요하다. 공을 던지는 사람이 있으면 받는 사람도 있어야 하니까. 서울은 물론 대학에서까지 이렇다 할 친구가 없었던 나로선 별도리가 없었던 셈이다.

  그래서 시작한 게 농구였다. 농구공과 골대만 있으면 혼자서 얼마든지 연습할 수 있고, 사람이 몇 명 모이면 즉석에서 반코트 게임을 할 수도 있었다. 생판 얼굴도 모르는 사람들끼리 팀을 섞고 게임을 하는 것이다. 처음엔 어떻게 그러나 싶었는데, 막상 해보니 우스울 정도로 간단했다.

물론 대부분의 시간은 혼자 연습하는 데 썼다. 아무리 힘든 일이 있어도 혼자 슛을 던지며 호흡을 가다듬다 보면 머리가 말끔해지곤 했다. 적응하기 어려웠던 서울에서의 생활 가운데 몇 안 되는 위안거리였다.

"방금은 폼 좋았는데."

연이가 데굴데굴 굴러가는 농구공을 쫓아갔다. 나는 골대 밑에 우두커니 서 있었다. 너무 외로울 때, 견딜 수 없이 힘들 때마다 혼자 해왔던 일을, 이제는 내가 가장 사랑하는 사람과 함께 하고 있다. 오후 들어 코트에는 그늘이 졌다.

"자, 오늘은 이만 가자." 연이가 말했다.

"벌써?" 내가 아쉽다는 듯이 되물었다.

"또 올거야?"

"응. 다음에 또 오자. 내일도 오고, 모레도 오자." 연이가 대답했다.

우리는 도림천 냇가를 따라 십 분쯤 걸었다. 집에 도착하니 저녁때가 다 돼 있었다.

망종芒種

보리가 익고 모내기가 끝난다. 햇살이 따가워
가뭄이 이어진다. 비 소식이 간절한 시기다.

그때의 제주도는, 굳이 말하자면 우기였다. 그럼에도 불구하고 부랴부랴 짐을 싸서 제주도로 함께 향했던 이유는⋯⋯. 딱히 없었다. 그냥 같이 어디론가 가고 싶었을 뿐이라고 할까. 사귄 지 얼마 되지 않은 젊은 커플들이 으레 그렇듯이.

도착할 즈음에도 섬에는 비가 흩뿌리고 있었다. 나는 공항에서 나가는 길목의 오른쪽 가게에서 우산을 하나 사서 나왔다. 연이는 내가 사 온 연노란 색 우산을 보더니, 아주 제주도스러운 색으로 잘 사 왔네, 하며 웃었다. 듣고 보니 약간 한라봉 같은 색이기도 했다. 제주도에서만 취급하는 한정색상이 아닐

까 생각했다. 다만 나중에 보니 저 멀리 관악구에서
도 잘만 팔고 있었던 기성품이었다. 섬에서의 특별
함이란 딱 섬에 두고 올 만큼만 주어지는 모양이다.

렌터카 업체를 방문해 예약 차량을 픽업했다. 이
른 오전에 도착했기 때문에, 숙소에 체크인하기까지
는 시간이 꽤 남아 있었다. 우리는 제주 시내에 있는
한 고기 국수 집에서 간단히 식사를 했다. 그러고 나
서 제주시 서쪽 도로로 아무렇게나 달리다가, 가본
적 없는 박물관이나 분위기 좋은 카페가 보일 때마
다 무작정 차를 세우고 둘러보기를 반복했다.

그렇게 약 일주일간의 제주도 여행이 이어졌다.
차와 숙소 두어 곳을 제외하면 예약한 곳도 계획한
것도 없었다. 우리는 바람이 좋으면 양쪽 차창을 열
어젖힌 뒤 소리를 질렀다. 길에 묶여있는 개들과 멍
멍 컹컹 짖는 소리를 주고받았고, 가만히 차를 멈춘
채 빗줄기가 차 유리에 부딪히는 모습을 지켜보기도
했다. 비가 오면 비가 오는 대로, 해가 뜨면 해가 뜨
는 대로의 목적지를 새로 정했다. 계획을 중요시하
는 사람이라면 '이렇게도 여행이 가능한가' 싶겠지
만. 우리는 정말 즐겁게 여행했다. 앞으로 쭉 그런
여행만 할 수 있었으면 좋겠다는 생각마저 들었다.

편안하고, 고즈넉하고, 한가로우며, 평화로운.

　한림읍 근처에 첫 숙소를 잡았다. '알로하 하우스'
라는 꽤 귀여운 이름의 민박집이었다. 우리는 가장
비싼 별채에 묵기로 했다. 다른 방은 이미 다 예약이
차 있었기 때문이다. 비수기라선지 별채라도 숙박료
가 그리 비싼 편은 아니었다. 결과적으로는 잘 된 일
이었다. 급하게 잡은 거라곤 생각할 수 없을 만큼 좋
은 숙소였다.
　별채 안에는 작은 창문이 세 개 나있었다. 안쪽 침
실에는 낮은 프레임의 침대가 있었고, 창문 하나는
그 침대에 누웠을 때 딱 머리맡이라고 할 만한 자리
에 조그맣게 자리해있었다. 다 열어젖히면 코앞에
돌담과 그 너머로 손에 잡힐 듯 푸른 바다와 파도 소
리가 넘어 다니는 창문이었다.
　우리는 도착하자마자 잠깐 잠들었다가, 신기하게
도 동시에 눈을 뜨고 일어났다. 그리고 약속이라도
한 듯 머리 위 창문으로 난 풍경을 지켜봤다. 석양은
북서쪽 하늘을 끼고 너울거렸고, 총천연색의 커다
란 구름이 붉게 물든 하늘을 집어삼키는 것 같았다.

사랑하기 좋은 계절에

마법 같은 광경이었다. 우리는 거의 말 한마디 없이 그 노을 진 하늘이며 커다란 고래 모양의 구름이 천천히 움직이고 흩어져 밤하늘에 적셔지는 모습을 한 시간 가까이 지켜봤다.

창문으로 비가 흩뿌린 직후의 서늘한 바람이 불었다. 벌거벗은 몸이 파르르 떨렸다. 우리는 이불을 덮어쓰는 대신, 서로의 몸을 부대껴가며 난로 삼았다. 그때 나는 사진 한 장 찍지 않았다. 마침 동공을 에워싼 그 놀라운 경치에 압도되기도 했거니와, 어느 필름이나 화면에 담아버리는 순간 그 시간을 지배하고 있던 온갖 종류의 마력이며 황홀함 같은 것들이 영영 증발해 사라져버릴 것만 같았다.

"…… 그런 기분 알아?"

내내 창밖을 쳐다보던 나는 도저히 견디다 못해 말을 꺼냈다.

"어떤 시간은 너무 황홀한 나머지, '지금 이 순간은 평생 내 기억에 남을 것 같다'는……. 좀 웃기긴 한데 있지…….."

"알아."

연이는 마저 듣지도 않고 대꾸했다.

"나도 그래."

"정말?"

"응. 평생 기억날 것 같아. 지금 눈에 들어오는 이 광경, 이 시간, 이 촉감 같은 것들, 전부 다."

"나도, 정말 그래. 내 인생이 영화라고 하면 지금이 하이라이트 아닐까 싶어."

"…… 그거 노래가사 아니야?"

"그런 건 전혀 중요한 게 아니야." 내가 말했다.

"우리가 그만큼 멋지고 아름다운 순간을 함께 지나치고 있다는 게 중요한 거지."

"표현은 아주 그럴듯하게 한다니까."

"그게 내가 하는 일인데, 뭘. 싫어?"

"아니, 너무 좋아." 연이가 대답했다.

"행복해."

나는 일찍이 그토록 진심 어린 목소리로 '행복하다'고 말하는 사람을 보지 못했다.

"제주도, 전에도 왔었어. 사실은."

나는 마침내 고백했다.

"응. 나도 그래."

"근데, 너랑 같이 온 지금이 제일 즐겁고 행복해. 정말로 그래."

"그럼 됐어. 나도 그렇거든."

연이가 나지막한 소리로 대답했다.

"참 다행이야. 너랑 내가 만나서, 함께 여행을 와서, 그리고 동시에 눈을 뜨고, 동시에 이 창문을 바라보게 돼서⋯⋯."

어떤 기억들은 내게 그런 시간이 있었다는 사실만으로도 무척 행복한 기분이 들고, 한편으로는 힘들고 고된 시기를 어떻게든 버텨낼 수 있는 힘이 되곤 한다. 또 떠올릴수록 더 아름다워지는, 그런 추억이 하나쯤 있다는 것으로도 '내 인생은 꽤 가치 있었다'고 말할 수 있는, 그런 시간을 나는 감사히 지나 보내며 생각했었다. 죽지 않고 살아있어서 참 다행이라고.

하지 夏至

일 년 중 낮이 가장 긴 날. 하루가 다르게 곡
식이 자라며 매미의 울음소리가 들린다.

사랑하기 좋은 계절에

고리타분한 건 싫다. 이왕이면 새롭고 신선한 것
이 좋다. 다만 새로운 경험들은 익숙한 느낌과 함께
있어야 즐거워진다. 머리부터 발끝까지, 땅끝에서
하늘 너머까지 온통 처음 보는 것들뿐이라면 기대보
다 두려운 마음이 앞설지 모른다. 적어도 난 그렇다.

덕분에 나는 내가 편안하다고 느끼는 곳에 계속
머무르는 편이다. 새로운 장소에 적응하고, 또 애정
을 붙이는 데 오랜 시간이 필요하다. 별일 없으면 일
주일 내내 집에만 틀어박혀 있기도 한다. 실제로 〈젤
다의 전설〉이라는 게임에 푹 빠졌을 땐 한 달 가까이
집안에서 게임패드만 붙잡고 살았다.

하다못해 어디 회사라도 다니면 모를 일이다. 내가 살면서 회사생활을 했던 시기라곤 다 합쳐봐야 겨우 1년쯤 될 뿐이고(그나마도 이십 대 초반의 일이다) 언젠가부터 글 쓰는 일로 밥벌이를 하다 보니 재택근무가 기본값이 됐다. 일하는 시간도 장소도 내가 정할 수 있다는 장점이 있지만, 그만큼 물리적으로나 사회적으로나 고립될 가능성이 높다. 다만 내 경우엔 혼자 시간을 보내는 데에는 도가 텄거니와, 스트레스를 받으면 스스로 고립되길 자처하는 경향까지 있으므로 그동안 문제랄 것은 딱히 없었다.

한편 연이의 경우는 조금 다르다. 그전까지만 해도 멀쩡히 회사생활을 하다……. 나를 만난 뒤에야 본격적으로 그림을 시작했기 때문이다. 의도치 않게 프리랜서 생활을 시작하게 된 케이스인데, 그 때문인지 새로운 사람이나 장소 그리고 경험에 대한 갈증을 이야기하곤 한다. 내향적인 면이 있어 일정량 '혼자만의 시간'이 필요하다는 점은 나와 비슷하지만, 나보다는 좀 더 사회적이고 동적인 욕구를 갖고 있는 것 같다. 비유하자면 ―내가 선인장과 식물이라 치면― 연이는 전형적인 고양잇과 동물에 가깝다.

이런 이유로, 어떤 날에는 하루 중 절반 이상의 시간을 떨어진 채로 보내곤 한다. 물론 이렇게 생각할 수도 있다. 수백, 수천 킬로미터 단위로 장거리 연애를 하는 사람도 있는 마당에 고작 하루 떨어져 있는 게 뭐 그리 대단스런 일이냐고.

그런데 우리는 둘 다 출근하지 않는 프리랜서일 뿐 아니라, 생활공간을 공유하는 주제에 일까지 함께하는 동업자이기도 하다. 이렇듯 서로의 다른 욕구를 파악하고 그때그때 맞는 조치를 취하지 않으면 그 언제라도 싸움이 벌어질 수 있다.

전날 새벽녘까지 글을 쓰고 나면 오후 늦게까지 잠을 자버린다. 그사이 연이는 한껏 화장을 하고 동네를 산책하는데, 나중에 이야기를 들어보면 이름만 들어봤던 근처 재래시장이나 등산로 부근까지 헤집고 다닌 것 같다. 같은 도시, 같은 동네와 같은 집에 살더라도, 다른 시선으로 부쩍 다른 경험들을 하고 돌아온다. 샤워를 막 마치고 집 안 청소를 좀 하다 보면 연이가 한결 밝아진 표정으로 현관에 와 서 있다. 이 대목이야말로 핵심이다. 연이가 돌아올 곳에 내가 기다리고 있다는 것.

누군가에게 언젠가 돌아갈 곳이 되는 기분이란 뭐라 형용하기가 참 힘들다. 그래서 괜히 왜 이렇게 일찍 왔냐고 투덜대듯이 말한다. 이왕 있을 거 한 일주일쯤 외박이나 하고 오지, 하고. 그러자면 연이는 내가 그리워서 일찍 왔노라 대답한다. 우문현답이다.

좀 건방진 말일 수도 있겠는데, 나는 나 자신을 포함한 모든 사람이 제각기 하나의 콘텐츠라고 생각한다. 처음 접했을 땐 무척 신선하고 흥미로운데, 시간이 갈수록 적응하는가 하면 하나둘 드러나는 결함이며 단점들이 눈에 보이기 시작하고, 끝내는 질리거나 관심이 바닥나거나 해서 조금씩 멀어져간다는점, 그리고 시간이 좀 지나서 뒤늦게 그리워한다는점에서 꼭 닮아 있기 때문이다.

몇 년간 콘텐츠 기획으로 먹고 살아온 입장으로서 말하건대, 단순히 '잘 나가는 콘텐츠'를 만드는 건아주 쉬운 일이다. 그러나 '오래 살아남는 콘텐츠'를 기획하는 건 그보다 훨씬, 아니…… 사실은 비교하기 힘들 만큼 다른 차원의 일이다. 당장 잘 나가는콘텐츠가 선분이라면, 오래 살아남는 콘텐츠는 면을 넘어 3D 입체도형에 가까운 개념이니까. 전자와 달리 후자는 시간 축의 영향을 받는다. 이걸 사람으로 치면 그저 '첫인상만 좋게 남기는 것'과 '오랫동안 곁에 두고 싶은 사람이 되는 것'의 차이라고 할까.

물론 첫인상을 좋게 남기기 위해선 많은 노력이 필요하다. 하지만 첫인상'만' 좋게 남기는 거라면, 생각해보면 그다지 어려운 일도 아닐 것이다. 외모가 별로라면 풀메이크업을 받고, 키가 작으면 깔창을 잔뜩 깔고, 가난하다면 빚이라도 내서 명품 옷과 시계를 걸치고, 지성이 부족하다면 어디 명문대나 의대를 졸업했다고 대강 둘러대 버려도 괜찮다.

그러나 오랫동안 좋은 관계를 유지하기 위해서는 스스로가 정말 좋은 사람이 되는 것밖에는 도리가 없다. 거짓말은 언젠가 들통나기 마련이니까. 설령 오랜 시간 속일 수 있다 한들, 얻을 수 있는 행복이라곤 잔뜩 갉아 먹히고 남은 부스러기에 불과할 것이다.

'영원히 너만 사랑할 거야' '넌 아무리 보고 있어도 질리지가 않아' '난 항상 머릿속에 너만 생각해' '이 세상 무엇보다도 네가 더 소중해' 같은 말들에 하등 가치가 없다고 말하는 건 아니다. 이런 말들에도 분명히 사랑은 담겨있고, 듣는 사람으로 하여금 얼마간의 감동이며 메시지를 전달해주기도 한다. 다만 깊은 생각이나 책임감 없이 함부로 하는 말이라는 것 역시 사실이다.

사람은 늘 같을 수 없다. 정말 한결같은 사람이 있다 치더라도 그게 미래의 나일 거라는 보장은 어디에도 없다. 아무리 재밌는 드라마, 훌륭한 영화, 설레는 연애와 흥분되는 관계도 계속되다 보면, 대개는 언젠가 싫증이 난다. 소위 말하는 한계효용체감의 법칙이다. 어느 사람이라고 여기서 자유로울 수 있을까.

거짓말과 지키지 못할 약속은 함부로 남발한 사람에게 더 큰 상처를 안겨준다. 두 번 다시 돌아오지 않는 스무 살을, 나는 그렇게 낭비해버리고 나서야 겨우 깨달을 수 있었다. 온전한 나 자신으로서 어느 것 하나 속일 필요 없는 사람을 사랑해야 한다는 걸.

나는 내가 지극히 평범하고, 좀 심하게 말하면 평균보다도 꽤 떨어지는 인간이라고 생각한다. 내가 연이를 사랑하는 이유 역시 연이가 남들보다 부쩍 특출나거나 대단한 사람이어서가 아니다. 우리는 지극히 평범한 연인 사이다.

그래서 인정할 수밖에 없었다. 매일같이 애를 써야만 이 평범하기 짝이 없는 관계를 지킬 수 있다는 것, 가끔은 너무 사랑하는 너라도 보기 싫을 때가 있고, 그래서 때론 서로 그리워할 시간을 필요로 한다는 것 말이다.

　평생 함께한다는 것은 평생 같은 공간에서 같은 공기를 공유하며 살아간다는 의미는 아니다. 그건 고문이고 스트레스다. 반복되는 일상에는 변주가 필요하고, 불규칙적인 관계 가운데서도 꾸준한 안정감이 요구된다. 말하자면 평균대 위에서 사는 것과 비슷하다고 할까. 시도 때도 없이 흔들리는 통에 방심할 수가 없고, 시간이 가면서 익숙해지긴 해도 드러눕거나 잠들어버리진 못하는 것처럼.

　'뭐지……. 자다가 떨어졌나.'
　간신히 눈을 뜰 즈음의 나는 침대 아래쪽에 굴러떨어진 채 있었다. 가끔 있는 일이었다. 창밖에서 게으른 새소리와 함께 오후의 햇살이 스며들어왔다. 해는 중천에 떴다가 서쪽으로 휙 기운 것이 이제 막

세 시쯤 돼 보였다. 집에는 아무도 없었다. 연이는 오전 내내 내가 일어나길 기다리다가 산책을 나간 모양이었다.

'의외로 주체적인 인간이라니까, 참내.'

나는 턱이 빠져라 하품을 하면서 생각했다. 기분이 나쁘지 않았다. 그래도 조금 쓸쓸한 건 어쩔 수 없었다. 서로의 행복을 존중하는 것과 나 자신의 이기심을 마주 보는 일 사이에는 별수 없는 간극이라는 게 있다. 늦잠 자는 나를 하염없이 기다리는 대신에, 해가 내리쬐는 대학동을 둘러보면서 비타민D도 보충하는 건 좋은 일이다.

그래도 막 눈을 떴을 때 반겨줄 연이가 있었으면 하는 마음도, 나처럼 이기적인 소시민에게는 불현듯 샘솟아버린다. 아무럼 사랑하는 사람과 대뜸 떨어져 버리는 건 슬프고 괴로운 일이니까. 일상 거의 대부분을 함께 하는 사람이라면 더욱이 그렇지 않을까. 그리워하는 시간이 이토록 고독할 줄은, 실로 이론과 실제의 괴리라고 밖엔 이해할 수 없다. 흠……. 세수를 하는데 물이 차다. 아니. 보일러는 왜 *끄고* 간 거야?

나의 고장난 생활패턴이며 늦잠으로 말미암은 이

고독감은, 머잖아 아주 탁월한 방식으로 해결됐다. 내가 연이로 하여금 〈젤다의 전설〉을 시작하게끔 꼬드긴 것이다. 처음에는 좀 시큰둥한 반응이었는데, 언제부턴가 자고 일어나면 '어, 일어났어?'하고 시선도 돌리지 않은 채 게임에 열중하는 연이의 모습을 볼 수 있었다.

나는 연이가 불행해질 필요 없이 마음껏 늦잠을 잘 수 있었지만, 그래도 내일쯤 돼선 게임도 적당히 하는 게 어떻겠냐고 한 소리할 생각이다. 사랑하는 사람과 떨어져 있는 건 괴로운 일이니까. 아무리 그게 화면 속 하이랄 왕국이라고 해도 말이다……. 하루에 여덟 시간 게임은 좀 너무한 거 아니냐고.

소서小暑

태풍이 몰려오고 장마가 시작된다. 곡식이
웬만큼 자라 풀에게 자리를 뺏기지 않는다.

사랑하기 좋은 계절에

그날 오후 한 시, 나는 화가 머리끝까지 난 상태로 집에서 뛰쳐나왔다. 몹시 습한 날씨였고, 중천에 해가 올라 한층 무더웠다. 가슴에 손을 살포시 얹어봤다. 심장이 쾅쾅 뛰었다. 등줄기에 벌써부터 땀이 흥건했다. 뭐 때문에 이렇게 돼버린 거지? 나는 버스 정류장으로 향하는 길을 걸어가면서, 오늘 아침 있었던 상황을 복기해보기로 했다.

월요일 오전 일찍부터 해야 할 일이 있었다. 연이는 지난 주말까지 일곱 점의 그림을 완성했다. 원래대로라면 지난주 평일 가운데 배송처리가 됐어야 할 것들이었는데, 일정 공유에 작은 차질이 있었다. 그래서 월요일 해가 뜨는 대로, 퀵 서비스를 통해 가능한 빨리 그림을 송달하기로 했던 것이다.

그날 아침부터 나는 늦잠을 잤다. 전날 밤에 무슨 이유에선지 잠을 조금 설쳤던 탓이었다. 내 기억 상으로는 깜깜했던 창밖이 차츰 밝아지기 시작할 즈음에나 잠에 들었으니 아마도 새벽 다섯 시나 여섯 시 사이에 잠들었을 것이다. 아무튼, 나는 일어나자마자 습관처럼 시계를 확인했다. 이미 정오가 조금 지나 있었다. 나는 어련히 연이가 그림을 보냈을 거라 생각했다.

그런데 뭔가 이상했다. 책상 쪽에서 조금 부스럭거리는 소리가, 인기척이 있었고, 또 책장에는 이미 퀵으로 배송 중이어야 할 그림들이 어제와 똑같이 기대져 놓여있었다. 그쯤 해서 난 뭔가 잘못돼가고 있다는 생각이 들었는데, 정말이지 그 정도로 어긋날 줄이야 상상도 하지 못했다.

요는 이렇다. 나는 일어나자마자 연이에게 '왜 퀵을 보내지 않았느냐'고 물었다. 그러자 연이는 '주소를 알아야 보내든 말든 할 것 아니냐'고 대꾸했고,

나는 '그럼 깨워서라도 주소를 확인해야 할 것 아니냐, 오늘 중으로는 꼭 보내기로 하지 않았느냐'고 몰아붙였으며, 여기에 연이가 '니가 깨워도 일어나지 않았는데 나더러 어쩌라는 거냐, 왜 책임을 내게 돌리느냐'고 받아쳤던 것이다. 그렇게 십 분이 더 지나갈 무렵에는 나나 연이 할 것 없이 소리를 질러대며 싸우고 있었다.

"원래 내 일도 아니고, 네가 하기로 한 일이잖아. 그럼 책임지고 해야 할 것 아니야? 이미 늦어졌으면 해 뜨자마자 보낼 생각부터 해야 할 것 아니냐고?"

나는 연이의 두 눈을 똑바로 응시하면서, 제법 큰소리로 말했다. 제대로 청소도 되지 않은 집안에 둔탁한 목소리가 울려 되돌아왔다.

"그러니까, 주소를 알아야 보낼 것 아니냐고! 아무리 흔들어 깨워도 일어나지도 않더니, 왜 일어나자마자 나한테 신경질이야? 그리고 애초에 넌 얘기도 안 했거든?"

연이는 신경질적으로 맞받아쳤다.

"내가 어제 말을 안 했다고?"

"어, 안 했어."

연이는 내 말을 다 듣기도 전에 딱 잘라 말했다.

"아니, 분명히 했어. 난 기억 나."

"아니, 안 했다니까! 만약 했으면 내가 주소를 알려달라고 말했겠지!"

"아냐, 분명히 얘기했어. 배송이 많이 늦었으니까, 내일 일어나자마자 퀵 불러서 보내라고 했어. 내가 저 자리에 앉아서 너한테 얘기했거든. 확실하게 기억하고 있어."

"진짜, 웃기고 있어. 네가 '말했다'고 하면 다 말한 게 되는 거야? 나는 기억이 안 난다니까!"

"그 반대도 마찬가지 아냐? 내가 분명히 말했어도, 네가 '말 안 했다'고 하면 말을 안 한 게 되는 거냐고?"

"제발 억지 좀 부리지 마. 네가 늦게 일어나놓고, 넌 지금 내 탓을 하고 싶은 것뿐이잖아? 그냥!"

확신에 가득 찬 목소리였다. 스스로를 의심할 생각조차 하지 않으려는 연이의 모습에, 나는 견딜 수 없이 화가 치밀었다.

"억지 부리는 게 대체 누구라는 거야? 난 책임 전가한 적 없어. 어차피 네가 해야 할 일이었잖아. 내가 해야 할 일은 진즉에 다 끝내놨어. 나한테 무슨 책임이 있다고 네 탓을 해? 네가 내 탓을 하는 거지!"

"진짜 못 들어주겠네. 그렇게 내 탓을 하고 싶으면 전화해서 다 얘기해. 늦게 배송된 게 다 내 탓이라고! 빨리 해!"

"뭘 책임지는 게 그렇게 무서워? 뭐 하나 실수했다고 인정하는 게, 스스로에게 그렇게 못 할 짓이라는 생각이 들어? 불쌍해. 정말, 불쌍하다고."

그 이후의 대화는 잘 기억나지 않는다. 사실상 대화라고 할 수 있는 상황도 아니었다. 우리는 서로 되는 대로의 욕지거리를 했고, 얼마지 않아 나는 '도저히 못 견디겠다'는 식으로 다짜고짜 옷을 집어 입었다. 그리고 소파에 놓여있던 가방을 걸머진 채 현관으로 뛰쳐나갔다.

"어디 가? 나가기만 해봐! 야! 나가지 말라고!"

연이는 내 가방끈을 붙잡아 끌며 소리쳤다.

"왜 잡아? 놔! 갈 거야!"

나는 가방을 확 잡으며 연이를 뿌리친 다음 곧장 엘리베이터에 올랐다. 천천히 닫히는 엘리베이터 문 너머로 '갈 거면 다 가져가!'하는 고함소리, 그리고 신발장에 들어있던 내 신발들이 집 현관 바깥쪽으로 하나 둘 내동댕이쳐지는 소리가 울려 퍼졌다. 그 모

든 상황에 진력이 났다. 어디로든 가버리지 않으면
미쳐버릴 것 같았다.

사랑하기 좋은 계절에

대서大暑

장마가 끝나고 밤잠 설치는 더위가 이어진
다. 비가 적게 내리면 과일 맛이 가장 좋다.

그렇게 집을 뛰쳐나온 나는, 마음 같아서는 한 열흘쯤은 되돌아가지 않을 생각이었다. 화가 머리끝까지 났다. 대화는커녕 연이의 얼굴조차 보고 싶지 않았다. 실로 웃기면서 기가 막히는 일이었다. 서로 없으면 못 살 것처럼 굴었던, 함께 장밋빛 미래를 그리곤 하던 삶의 연인이 겨우 한 시간도 안 돼 불구대천의 원수로 탈바꿈한 것 아닌가.

　나는 개기름이 덕지덕지 묻은 머리를 하고 152번 버스를 탔다. 그동안 연이에게서 부재중 전화가 몇 통 와있었다.

　'웃기고 있네. 전화해서 무슨 얘길 하려고? 할 애

기가 있었으면 아까 했어야지!'

이렇게 생각하는 동안 한 번 더 전화가 왔다. 나는 강제로 전화 연결을 끊어버렸다. 그러자 다시 전화가 왔다. 연이는 영원히 포기하지 않을 것처럼 보였다. 그렇게 몇 백 번이나 전화를 걸다 보면, 언젠가 내가 받을 거라고 생각하는 모양이었다.

난 실제로 흔들렸다. 지금쯤이면 연이도 조금 진정이 되지 않았을까? 이렇게 더운 날에 열흘이나 싸돌아다니는 건 너무 힘든 일 아닌가? 그냥 이쯤에서 정돈하는 것이 좋지 않을까? 그렇게 고민하고 있던 찰나였다. 어느 순간부터 휴대폰이 울리지 않아서 보니 전원이 꺼져있었다. 전날 충전케이블을 꽂아놓는 걸 깜빡하고 잠에 든 것이었다. 가방에는 보조배터리만 있고 케이블이 없었다.

기가 막힌 타이밍, 어이없는 상황이었다. 연이는 아마 내가 머리끝까지 화가 나서, 아무 대화도 하기 싫어 전화를 꺼버린 줄 알 것 아닌가. 머리끝까지 화가 났던 건 맞지만, 영영 아무 대화도 하기 싫다는 의미는 아니었는데 말이다. 난 별수 없이 신림역 인근에 내렸다. 편의점에서 라이트닝 케이블을 사서 휴대폰에 연결했다. 완전히 꺼진 휴대폰에 전원이 들어오려면 꽤 시간이 필요했다. 나도 그랬다.

역 근처에는 모텔이 많았다. 날씨는 무척 덥고 습했고, 휴대폰은 방전돼 있었으며, 내 몸은 머리카락부터 시작해 양말도 없이 뛰쳐나온 발끝까지 모조리 찝찝해 죽을 지경이었다. 난 눈에 보이는 가장 가까운 모텔로 가서 대실료 삼만 원을 지불했다.

객실은 깔끔하게 정리돼 있었다. 난 제일 먼저 샤워를 하고, 에어컨을 켜고, 가방에 들어있던 소설을 꺼내 읽었다. 그사이 휴대폰은 충전을 마쳤다. 전원이 켜지자마자 이내 기다렸다는 듯 진동하기 시작했다. 난 전화를 받았다.

"…… 어디야?"

연이가 다소 잠긴 목소리로 말했다.

"전화 받아줘서 고마워. 걱정 많이 했어. 내가 말이 너무 심했고, 너한테 한 행동들이 전부 후회돼. 그래서 아무 일도 할 수가 없었어. 많이 화가 났을 거라고 생각해……. 너만 괜찮다면, 돌아와서 같이 얼굴 보면서 대화할 수 있을까? 기다릴게."

"……."

나는 아무 대답도 하지 않고 전화를 끊었다. 기분이 나빴던 건 아니었다. 다만 그때의 기분을 어떻게 설명할지, 나로선 엄두가 나질 않았다. 가끔은 세상에 존재하는 단어가 너무 적은 것 같다. 이렇게 어처구니없는 상황은 어떻게 표현을 해야 할지? 난 무척 개탄스런 마음으로, 역 근처 베스킨라빈스에 들러 쿼터 사이즈 아이스크림 하나를 사 들고 돌아갔다.

"왔어?"

"응. 아이스크림 먹을래?" 내가 말했다.

난데없는 제안에 연이는 적이 당황한 기색이었다.

우리는 데면데면한 얼굴로 테이블에 마주 앉았다. 그리고 한동안 아무 말 없이 아이스크림만 퍼먹었는데, 못내 웃음을 참지 못한 연이가 크게 웃었다. 나도 따라 웃었다. 어떤 감정은 말하는 것보다 더 나은 표현 방법이 있는 모양이다. 예컨대, '엄마는 외계인'이라든지.

3부

가을

단풍이 지고 낙엽이 떨어진다. 높은 하늘에
쌀쌀한 바람이 부는가하면, 불현듯 달라진 풍
경에 쓸쓸해지기도 한다. 한결 따뜻한 옷을
꺼내 입지만 이제는 더 추워질 날밖에 남지
않았다. 아무리 애써도 찾아오는 계절은 어쩔
수 없는데. 되돌릴 수 없는 실수와 마음, 더
나아질 길 없을 것 같은 우리.

입추立秋 ;

무더위가 마지막 발악을 하는 가운데 가을
기운이 도사린다. 태풍이 오고 큰비가 내리
기도 한다.

"무슨 일 있어?" 하고 연이가 물었다.

나는 부리나케 휴대폰 화면을 꺼트리고 시선을 돌렸다.

연이는 아무 말도 없이, 계속해서 내 표정을 살피고 있었다. 나도 모르게 한숨이 나왔다. 방금은 너무 대놓고 의심스러웠군. 이런 상황에선 바른대로 말해야 한다. 얼렁뚱땅 둘러대 봐야 믿지도 않을 테니까. 가끔은 표정이며 행동 하나하나에 감정이 고스란히 드러나 버리는 내가 싫다. 살다 보면 숨기고 싶은 것들도 생기기 마련인데.

"…… 엄마한테 연락이 왔어."

나는 별수 없이 털어놓았다. 핑곗거리도 달리 없
었다.

"그래?"

"응."

"전화?"

"아니, 카톡이 왔어"

"답장하려던 참이야?"

"아니." 내가 대답했다.

"아직 읽지도 않았어. 연락이 온 것까지만 확인했
지."

"흐음……."

연이는 입술을 납작하게 펴 내밀면서 묘한 표정을
지었다.

"답장 정도는 해드리는 게 어때?"

"싫어."

"왜?"

"알잖아? 한 번 답장하면 계속 연락한다니까. 난
싫어. 이제 와서 무슨."

"…… 그래, 그건 네 마음이지. 괜한 소리해서 미
안해."

"미안할 것까지야." 내가 덧붙였다.

아직도 엄마와는 사이가 좋지 않다. 불과 일 년 전까지만 해도 아예 연락을 끊어버렸던 것을, 창업했던 회사를 말아먹은 뒤 이곳저곳으로 방황하던 차에 어느 날 걸려온 전화를 받았다. 왜 받았는지는 아직도 잘 모르겠다. 외로워서는 아닌데.

엄마는 다짜고짜 미안하다고 했다. 모든 게 미안하고, 이제 그만 자신을 용서해줄 수 없겠냐고 애원했다. 솔직히 말하면 어이가 없었다. 이렇게 된 마당에 용서가 다 무슨 소용이란 말인가. 아니, 애초에 내게 용서할 자격이라도 있긴 한 걸까.

몇 달 전의 일이었다. '네가 엄마랑 사이가 좋아졌으면 좋겠어'라는 연이의 말에, 나는 구태여 진해까지 기차를 타고 내려갔던 것이다. 오랜만에 만난 엄마는 무척 수척해 보였다.

"아직도 고기는 좋아하니?"

엄마는 몇 년 만에 만난 날 데리고 근처 고깃집으로 향했다. 나는 입맛이 없어 음식을 먹는 둥 마는 둥 했다. 대신 주문한 소주 한 병을 네다섯 잔쯤 나눠마셨다. 하필이면 소주였다. 퍽 묘한 기분이었다.

어렸을 때 나는 엄마가 술을 마시는 게 싫었다. 그

래도 군이 마신다고 하면 맥주를 마시는 게 나았다. 소주를 마신 엄마는 평소보다 더 크게 소리를 질렀고, 더 많은 물건을 집어 던졌고, 더 자주 날 때렸기 때문이다. 그래서 내가 할 수 있는 일이라곤 저녁나절 엄마가 들고 들어오는 검은색 비닐봉지 안에 소주 대신 맥주가 들어있길 바라는 정도였다. 바보같이. 그런 내가 엄마와 소주를 마시고 있다는 사실 자체가 현실이 아닌 것처럼 느껴졌다.

그렇게 식사를 마친 뒤에, 한 시간 정도 이야기를 나누다가 헤어졌다. 별다른 기분은 들지 않았다. 더 이상 엄마에게는 하고 싶은 말도, 듣고 싶은 말도 없었다. 지난 몇 년간은 서울에서 홀로 살아남기 바빴다. 가족이란 내게 너무도 머나먼 단어가 됐다.

'그래도 하나뿐인 가족인데'라는 말을 몇 번이나 들었는지 모른다. 그런 말에 희미한 죄책감이 스쳤던 적도 더러는 있었다. 다만 이제는 시간이 너무 지났다. 그동안 내가 어른이 됐듯이, 엄마도 더 어른이 됐다. 그래야 한다. 스스로의 삶 정도는 지탱할 수 있어야 한다. 엄마가 누차 내게 했던 말이다.

나는 내가 저질렀던 것들, 또는 내가 저지르지 않았던 것이나 저지를 생각이 전혀 없었던 것들까지 모두 혼자 책임져야 했다. 내게는 가족이라는 이름으로 날 도와줄 어른이라곤 단 한 명도 없었다. 그리고 나는 이렇다 할 준비도 없이 어른이 됐다.

나는 어른이 돼서야 겨우 엄마를 이해할 수 있었다. 어쩌면 날 상처 준 부모를 이해한다는 것 자체가 어른이 되는 과정일지도 모른다. 선후 관계야 어떻든 간에. 난 나의 엄마이기 이전에 한 명의 불행한 인간으로서, 스물넷의 나이로 덜컥 아들이 생겨 모든 꿈과 미래를 절단당한 철없는 여성으로서의 엄마를 발견했다.

내가 아직 중학생이었던 어느 날, 술을 잔뜩 마신 엄마는 내가 태어나지 말았어야 했다고 소리 질렀다. 또, 배 속에 있던 나를 죽이기 위해 수면제를 먹고 계단에서 굴러떨어지기까지 했다고 내게 이야기했다. 그날 나는 너무도 깊게 상처받았던 나머지 밤새 울었지만, 용서할 필요도 자격도 내겐 없다는 걸 이제는 안다.

엄마는 아직도 드라마와 만화영화를 좋아한다고 했다. 난 그저 이해할 뿐이다. 초록으로 수놓인 길가의 가로수들이, 이윽고 노랗게 야위어 떨어진다는 사실을 가을이 돼서 알게 되듯이.

처서處暑 :

해가 짧아지고 여름 기운이 한풀 꺾인다. 제
법 선선한 가을바람이 불기 시작한다. 이때
가 지나면 풀이 더 자라지 않으므로 벌초하
기에 좋다.

"널 비난할 생각은 없어."

연이가 내 곁에 걸터앉은 자세로 말을 이었다.

"단지, 넌 그대로 괜찮으냐는 거야. 네가 늘 말했잖아. 문제를 피하는 건 답이 아니라고. 네가 엄마라는 문제로부터 도망치고 있는 건 아니냐고 묻고 있는 거야, 나는."

"아마 그럴 수도 있겠지."

나는 진심이 아니었다.

"…… 나는 잘 몰라. 너한테 엄마가 어떤 존재인지. 나는 엄마, 아빠, 언니, 할머니, 할아버지까지 모두 있었으니까."

"뭐, 그래도 너는 너 나름의 상처가 있겠지. 내가 그런 것처럼⋯⋯. 다 상대적인 거 아닐까? 난 내가 더 상처를 많이 받았다고는 생각 안 해."

"그래도 네가 나한테 한 말 있잖아. 나는 아빠가 무섭고, 한때는 미웠어. 그런데 네 덕분에 용기를 낼 수 있었고, 가족이랑 더 가깝게 지낼 수 있게 됐어. 이젠 수원에 내려가는 게 무섭거나 힘들지 않아. 도 망치고 싶은 마음도 들지 않고. 나도 그전까지는 필요가 없다고 생각했었는데."

"다행이야. 네 가족은 좋은 사람들이지."

내가 적당히 맞장구쳤다.

"그런 대답 들으려고 한 말은 아니야."

연이는 얼마쯤 비참한 표정이었다.

"그럼?"

"네 진심을 알고 싶어. 그리고 내가 널 도와줄 수 있는 방법이 있으면 그렇게 하고 싶어. 네가 나한테 해줬던 것처럼."

"나도 그런 방법이 있었으면 좋겠네. 누가 날 도와 줄 수 있었으면 좋겠어. 아니, 내가 누군가의 도움을 받을 수 있는 인간이었으면 좋았을 거야. 그런데, 나 도 내 진심이 뭔지 모르겠어. 내가 뭘 원하는지도 모

르겠고. 난 그냥, 글이나 계속 쓰고 싶어. 너랑 같이
있으면서."

"정말 그게 다야?"

연이가 말끝을 올려가며 물었다.

"응, 이게 다야"

"넌 이상한 부분에서 이중적이구나. 나한테는 '아
빠한테 손편지 한 통 쓰는 게 어때' '너한텐 별거 아
닌 거라도 가족들한테는 큰 의미가 되는 거야' 같이
말하면서. 넌 카톡 메시지조차 답하지 않잖아."

"그렇게 보이겠지. 사실이기도 하고, 맞아"

"…… 미안해. 비난할 생각은 아니었어."

"아니야, 맞는 말이야. 다른 사람한테는 쉽게 할
수 있는 말들인데……. 나 스스로한테는 할 수가 없
나 봐. 내가 세상에서 미워하는 건 나 자신밖에 없는
것 같아."

"마음이 아파."

연이는 울고 있는 것 같았다.

"내가 아무것도 할 수 없는 게 슬퍼. 네가 이렇게
힘들어 하는데, 나는 아무 도움도 안 돼."

"연아."

"미안해."

"아니야, 내가 미안해. 나도, 조금 더 내가 이해 가능한 영역의 인간이었으면 좋겠는데……."

"나한테 미안해하지 마."

"그럼 너도 나한테 도움이 안 된다고 말하지 마. 너는 존재 자체가 도움이야. 네가 없었으면, 나는 이런 문제를 입 밖으로 꺼내지도 못했을 거야. 내가 터무니없이 나약하고 결함투성이인 인간이라는 걸, 네 덕분에 비로소 깨달을 수 있었어. 겨우 마주할 수 있게 됐어. 일단 마주한 문제는 조금씩 고쳐지기 마련이고. 네가 지금 당장 내가 가진 모든 문제를 한순간에 고쳐야 할 필요는 없어. 그저 같이 있어 주면 돼. 앞으로, 쭉."

"그래, 그렇게." 연이가 말했다.

"내가 옆에 있을게. 설사 네가 날 더 이상 사랑하지 않게 되더라도."

"아, 젠장."

나는 순간 눈물이 차올라 고개를 팍 치켜들었다. 연이는 그런 내 머리를 자기 목덜미로 끌어안았다. 머잖아 연이의 하얀 목이 따뜻한 물기로 흠뻑 젖었다.

"…… 목에서 땀이 나네, 하하……."

하고 너털웃음을 지으며 말하는 연이는, 평소엔 좀처럼 땀이 나지 않는 사람이었다.

백로白露 ;

가을이 성큼 다가온다. 풀잎에 흰 이슬이 맺
힌다. 맑은 날씨가 이어지고 오곡이 여문다.

"슬슬 배가 고픈데."

나는 글쓰기를 멈추고, 기지개를 켜며 말했다.

"오늘 저녁은 마라탕 어때?"

"아, 또 마라탕이야?"

연이는 내가 하는 말을 듣자마자 역정을 냈다.

"왜? 맛있잖아. 마라탕."

"어제도 먹고 그 전날에도 먹었잖아. 사흘 전에는 내가 안 먹겠다니까 너 혼자 가서 먹었고."

"하나도 안 질리는데. 또 먹고 싶은데 어떡해."

"이럴 거면 마라탕 같은 거 가르쳐주는 게 아니었는데."

"후회돼?"

"아니, 그런 건 아니고."

연이가 멋쩍게 대답하며 자리에서 일어났다.

"아무튼 나가자. 마라탕이든 뭐든 먹자고."

나는 히죽 웃으면서 연이를 따라 집을 나섰다. 지
난한 협상 끝에, 그날 저녁 메뉴는 마라샹궈로 결정
됐던 것으로 기억한다.

"좋아, 나왔다." 내가 말했다.

"먹어봐. 이게 생긴 건 좀 그런데……."

"흠."

연이는 금방 웨이터가 가져다 놓은 음식 접시를
쳐다보고 있었다. 대접에는 기묘한 형태의 튀김 조
각 몇 개가 소담하게 담겼고, 그 위로 샛노란 빛깔의
걸쭉한 액체가 일종의 소스처럼 뒤덮은 모양이었다.

"이게 게라고?"

"응. 베이비 크랩이었나? 이름은 잘 기억이 안 나
는데. 껍질째 씹어 먹을 수 있는 자그마한 게라던
가……. 아니, 그냥 먹어봐. 맛있다니까."

"오, 즁믈으느."

연이는 벌써 음식을 입에 넣고 우물거리고 있었다.

"엄청 맛있어, 이런 거 처음 먹어봐."

"그치? 이게 내가 서울 와서 첫 회사 생활 할 때 회사 대표님한테 얻어먹은 음식이거든. 너도 알다시피 내가 해물은 잘 못 먹는 편이잖아. 게다가 이건 생긴 것도 누가 토해놓은 것처럼 생겼고……."

나는 연이가 먹는 모습을 지켜보면서, 짐짓 즐겁게 이야기했다.

"아무래도 첫 회식이니까 억지로 입에 구겨 넣었는데, 세상 놀라운 맛이 나는 거 있지. 이게 진짜 서울 사람들이 먹는 음식이구나, 싶었어."

"서울 사람들이라고 이런 걸 매일 먹는 건 아닌데."

"아니, 그전까지 내가 서울에서 먹었던 건 삼각김밥이나 컵라면 아니면 가끔 집 근처에서 치킨 사 먹는 거밖에 없었다니까. 그땐 정말 그런 생각이 들었다고."

"그럴 법해. 좋은 의미로 충격적인 맛이야."

"응. 그래서 가끔 이게 생각이 날 때가 있어. 아주 비싸지만 않았어도 좀 자주 먹는 건데."

"음, 오히려 가끔 먹으러 와야 이 맛이 나지 않을까. 매일 먹으면 또 질릴 거야."

"하긴 그래." 내가 대답했다.

한동안 우리는 말도 없이 음식을 퍼먹기만 했다. 한 번 맛을 들이고 나면 계속해서 손이 향한다. 그러던 중 연이가

"뭔가 기쁘네." 하고 입을 뗐다.

"응? 뭐가?" 내가 물었다.

"이거 얻어먹은 거 말이야."

"음, 물론 비싼 음식이긴 하지. 그러니까 싹싹 긁어먹으라고, 다음에는 더치페이니까."

"아니, 비싼 음식이라서가 아니라."

연이가 대꾸했다.

"너한테 나름대로 의미가 있는 음식이잖아. 그걸 나한테 먹이고 싶었다는 게, 그 마음이 기뻐. 아무하고나 같이 먹고 싶은 건 아니었을 테니까."

"그야 당연하지. 나는 보통 얻어먹는 쪽이야."

내가 말했다. 실제로 그랬다.

"이거 음식 이름이 뭐라고?"

"'푸 팟 퐁 커리'야. 발음이 정확한지는 모르겠지만."

"그렇구나. 태국 음식인가?"

"아마 그럴 걸."

"같이 가자."

"응? 어딜?"

"태국 말이야." 연이가 속삭이듯이 대답했다.

"같이 가서, 현지에서도 먹어보는 거야. 너도 현지에서 먹는 건 처음일 거 아냐."

"처음에 집착하기는."

"그럴 수도 있지."

"너 같은 인간 자체가 나한테는 처음이야. 멀리 갈 것도 없어."

"언젠가 가자는 말도 못 해?"

"그래, 가자." 내가 대답했다.

"언제가 될지는 모르겠지만."

추분秋分 ;

추수기가 시작돼 가을걷이를 시작한다. 동
면할 벌레가 흙으로 창을 막기 시작하고, 땅
위에 물이 마른다.

나는 냄새에 민감하다. 사실 민감한 수준이 아니라, 냄새가 거의 모든 존재에 대한 판단 기준이다. 내가 버섯을 싫어하는 것이 그 역하고 비린 냄새 때문이듯이(사람들에게는 대충 알레르기가 있다고 둘러대는 편이다) 따뜻하고 포근한 체취는 연이를 사랑하는 수많은 이유 가운데 하나다. 그래서 습관처럼 연이의 귀와 목 부근에 코를 갖다 대고 냄새를 맡곤 한다. 이런 부분에선 연이도 나와 비슷하다. 취향이 좀 이상한 것 같지만.

나는 땀을 많이 흘린다. 공기의 질과 온습도에 민감해 가만히 있어도 땀이 나곤 한다. 좋아하는 농구나 야구를 할 때면 몇 분도 안 돼 땀으로 흠뻑 젖는다. 소위 말하는 다한증이다. 학창 시절부터 유서가 깊은 콤플렉스다. 그런 주제에 운동을 좋아해서 매쉬는 시간이나 점심시간마다 죽어라 뛰다왔는데, 금방 샤워라도 한 듯 온몸이 젖어있으니 기피 대상이 됐다. 심지어 놀림도 받았다. 따지고 보면 그냥 체질 문제이기는 한데…… 알다시피 학창 시절의 놀림에는 합리적 이유가 없다. 화장실에서 똥 좀 쌌다고 놀리던 때도 있었으니까. 아니, 사람은 원래 똥 싸는 동물인데?

아무튼 몸에 열이 많아선지 살이 접히는 부분, 그러니까, 무릎 뒤쪽이나 사타구니 그리고 겨드랑이 같은 곳에는 쉽게 습기가 차곤 하는데…… 문제는 연이가 이 냄새를 선호한다는 것이다. 자다가도 갑자기 겨드랑이에 코를 들이미는가 하면, 작업하는 중에 갑자기 손을 집어넣고는 도로 빼서 냄새를 확인하기도 한다. 그리고선 "흠…… 오늘은 숙성이 좀 덜 됐는데? 분발해, 좀" 같이 웬 방귀 같은 말을 던지고 사라지는 것이다.

처음에는 그냥 좋아하는 체 하는 줄 알았다. 그런데 가면 갈수록 이상한 게, 내가 간지럼에 몸부림을

치면서 '아, 하지 말라니까!' 하고 역정을 낸 뒤에
도 얼마 안 가 같은 짓을 반복하는 것이었다. 아무리
사랑한다지만 참 기가 막힌 컨셉을 잡는구나 싶었는
데, 컨셉이 아니라는 판단이 서자 난데없이 소름이
돋고 등이 오싹했다. 겨드랑이 보호대 같은 걸 써야
하나, 생각해봤지만 영 좋은 방법 같지 않았다. 보호
대를 역으로 이용할 공산도 있을 것 같았다.

  서울에 올라오고 난 뒤부터는 거의 대부분의 시간
을 혼자 살았다. 집이 멀었지만 기숙사 생활은 해본
적이 없고(지원 타이밍을 놓쳤다) 어쩔 수 없이 원
룸 살이를 이어갔는데, 집안일에 익숙해지는 것과
별개로 냄새는 별도리가 없었다. 만나는 사람들마다
'홀아비 냄새가 난다'는 얘길 해댔다. 하기야 고독에
는 싸구려 향수나 섬유유연제 따위로 가릴 수 없는
냄새가 있다.
  혼자 사는 집과 달리 같이 사는 집은 보다 입체적
인 냄새가 난다. 사람에게는 체취라는 게 있고, 생활
공간을 공유하다 보면 어쩔 수 없이 냄새가 섞이기
마련이니까. 나나 연이나 담배는 입에도 대지 않거

니와 술도 아주 가끔 기분 낼 때 정도나 마시기 때문에, 집안 곳곳에 배어있는 서로의 냄새를 쉽게 확인할 수 있다.

같이 살게 된 지 얼마 되지 않았던 어느 날, 외부에 강연이 있어 거의 하루 종일 집을 비웠다. 그렇게 자정이 다 된 시간에 돌아왔더니, 연이가 내가 베고 자던 베개에 코를 처박고 엎드린 채 잠들어있었다. 언제까지 자나 보려고 했더니, 다음 날 아침에야 일어나서 하는 말이 이랬다.

"네 냄새가 없어서 되게 외롭고 무서웠어. 그래서 베개 냄새를 맡고 있었는데……. 그대로 잠들었나 봐."

"그래?" 나는 새삼스럽게 대꾸했다.

"하긴 내가 잘 때 땀을 많이 흘리는 편이니까……. 악몽을 자주 꿔서 그런가?"

"악몽을 자주 꿔?"

"응. 왠지는 모르겠는데"

"주로 어떤 악몽을 꾸는데?"

"기억나는 건 잘 없는데."

나는 제법 골몰하며 말했다.

"누가 날 찔러 죽이거나, 높은 건물에서 떨어지거

나……. 네가 바람피우는 꿈 같은 거?"

"뭐?" 연이가 뜨악스런 표정을 지었다.

"그런 걱정을 하는 거야, 평소에?"

"아니, 꼭 네가 아니더라도. 내가 지금 소중하게 여기는 것들을 잃어버리는 꿈을 자주 꾸는 것 같은데. 예컨대 양손이 잘려서 글도 못 쓰고 농구도 못한다든가."

"그건 무섭네."

"그러니까 악몽이겠지."

"나랑 같이 자는 게 불편해?"

"그건 아니야. 그냥……. 나는 그냥 악몽을 자주 꿔."

"그렇군……. 그래서 자다가 날 때리고 그러는 거구나."

"내가 널 때렸다고?" 나는 깜짝 놀랐다.

"응. 꽤 자주 때렸는데."

"미안해. 그런 건 전혀 몰랐어."

"그럴 수도 있는 거지."

"당황스럽잖아, 그래도."

"코 고는 것보단 낫다고 생각해."

연이는 퍽 아무렇지 않다는 듯 대답했다.

"하하, 전에 코 심하게 고는 사람이랑 만났었나 보네."

나는 웃으며 말했다. 그러자 연이는 입꼬리를 쭉 내려 보이더니, 벌떡 일어나 화장실로 들어가 버렸다.

"아, 문은 왜 잠그는 거야?"

내가 잠긴 화장실 문을 두드리면서 말했다.

"농담한 거라니까!"

최근에도 비슷한 일이 있었다. 강남역 부근에 미팅이 있어 잠깐 밖에 나갔다 왔더니, 연이가 소파에서 제법 우울한 표정으로 드러누워 있었다.

"왜 그래?"

나는 메고 있던 가방을 내려놓으면서 물었다.

"아니, 그게."

연이는 조금 잠긴 목소리로 대답했다.

"자다 일어났는데 네가 없는 거야. 그래서 냄새라도 맡으려고 베개에다가 얼굴을 갖다 댔는데…….
네 냄새가 하나도 안 나는 거야, 글쎄."

"아, 그래?"

"'아, 그래?'라니, 참 성의가 있구나. 나한테는 심각한 문제인데. 이제 네가 다른 데로 가버리면 어디서 냄새를 맡아야 하지?"

"며칠 동안 안 갈아입은 팬티라도 벗어놓고 갈까?"

"그딴 건 세탁기에 넣어."

연이는 매몰차게 답변했다. 조금 상처였다.

"뭐, 그래도 긍정적인 신호 아닐까?"

그래도 나는 싱긋 웃으며 말했다.

"나는 좋은데. 서로의 냄새가 구분이 안 되는 거 말이야. 우리가 계속 닮아가는 것 같아서."

"음."

"네가 내 빈 공간을 크게 느낀다는 것도 꽤 기분 좋아."

"언제는 서로 떨어져 있어도 괜찮은 사이가 건강한 것 같다며?"

연이가 새침하게 받아쳤다.

"그땐 그때고, 지금은 지금이고."

"제멋대로야, 맨날."

"아, 그러고 보니까……."

나는 뭔가 떠오르는 게 있어, 말을 흐렸다.

"뭐?"

"최근에는 악몽을 거의 안 꿨어."

"정말?"

"응. 정말."

"그렇구나. 잘 됐네."

"그치?" 내가 물었다.

"응." 연이가 대답했다.

한로寒露 ;

공기가 차가워지고 찬 이슬이 맺힌다. 이때
심은 마늘은 겨울을 보내고 내년 봄에 싹을
틔운다.

사랑하기 좋은 계절에

그날 연이는 전혀 작업을 하지 못했다. 의자에 앉아 몇 시간이나 애를 썼지만 마음처럼 되지 않았던 것 같다. '아무것도 생각이 나지 않는다'며 속상해하는 연이에게, 나는 오늘은 그냥 쉬는 게 어떻겠냐고 했다.

"쉴 거면 차라리 푹 쉬는 게 어때? 아무것도 안 해도 좋으니까. 안 되는 날에 억지로 쥐어짜봤자 스트레스만 받을 뿐이잖아. 오늘은 그냥 머리를 텅 비우는데 하루를 써보는 것도 괜찮잖아."

"그럴까?" 연이는 짧게 대답했다.

그리고 눈을 잠깐 감았다 뜨더니, 그대로 소파에

가서 앉은 채 닌텐도를 했다. 〈젤다의 전설〉이었다. 참 빌어먹게 잘 만든 게임이다.

그러는 동안 나는 다시 작업을 시작했는데, 정신을 차리고 보니 어느새 밤 열 시가 지나있었다. 식사라곤 정오 즈음해서 먹은 아침 겸 점심이 전부였다. 가만 보니 연이는 게임을 하다 잠들어 있었는데, 마침 내가 작업을 끝낸 시점에 배가 고파 일어난 듯했다.

대학동은 밤늦게 나가도 식사할 곳이 몇 군데 있다. 다만 점심 저녁 같은 식사 시간에 비해서는 선택지가 좁다. 우리는 근처에 있는 작은 분식집에서 떡볶이와 컵밥 하나씩을 시켜 나눠 먹었다. 식사를 마친 다음에는 소화도 시킬 겸 근방의 코인노래방에 들렀다. 연이는 선곡하는데 꽤 시간이 걸리는 편이었다.

밤늦게 식사를 마치고 집에 돌아왔을 때였다. 우리는 화장실에 들어가 손을 씻고 양치질을 한 뒤 나왔다. 나는 읽던 책을 마저 읽을 요량으로 소파에 앉았다. 그러자 곧 연이가 내 옆에 주저앉았다. 아무 표정도 없는 것이 제법 깊은 생각에 빠져있는 모양이었다.

'뭐, 스스로 정리할 생각이 있는 모양이지. 오늘은 작업에 진전도 없었으니까…….'

글을 쓰는 것과 그림을 그리는 것은 명백히 다른 차원의 일이다. 연이가 글 쓰는 나의 어려움을 전부 이해하지 못하듯이, 나 역시 그림 그리는 연이의 어려움을 모두 알기란 불가능할 것이다. 다만 창작이나 창작 비슷한 일을 지속적으로 하다 보면 누구나 겪곤 하는, 공통적인 괴로움에 대해서는 적이 공감할 수 있다.

그러니까. 사람이 살다 보면 그런 하루가 오는 것이다. 늘 할 수 있을 것 같았던 일이 어느 날 덜컥 제동이 걸려서는, 아무리 애를 써도 이렇다 할 결과물이 나오지 않는 하루 말이다. 이럴 땐 정말이지 스스로를 쓸모없는 존재라 자책하는 것 이외의 일은 할 수 없게 되어 버린다.

별것 아닌 듯 보여도 상당한 고통이다. 까다로운 부모님과 직장 상사로부터 도망칠 방법은 있어도, 한심한 나 자신으로부터는 도망칠 수 없기 때문이다. 잠드는 일이야 이 같은 고통을 몇 시간 뒤로 미룰 뿐이고, 도로 찾을 때쯤엔 더 깊은 자괴감이 이자처럼 붙고 난 뒤다.

'글 쓰는 일' 자체가 나라는 인간의 가치라고 생각했던(사실 지금도 크게 바뀌진 않았지만) 나의 경우도 그랬다. 하는 일이라고는 글 쓰는 것 하나밖에 없는 주제에, 그마저도 손도 못 대는 날이면 콱 죽어버리고 싶을 만큼 우울해지곤 했다. 원래는 뭐 엄청나게 생산적이고 성실한 인간이라도 됐던 것처럼 말이다.

"⋯⋯."

연이는 여전히 말이 없었다. 그저 내 옆자리에 잠자코 앉아서, 멍하니 앞을 쳐다보고 있을 뿐이었다. 나는 도저히 참을 수 없어 책을 덮었다. 그리고 고개를 돌려 연이를 향해 말을 꺼냈다.

"무슨 생각해? 걱정되는 게 있으면 나랑 얘기하자. 응?"

상강霜降 ;

된서리가 내린다. 초목이 누르스름한 빛을
띠기 시작하며 벌레들이 땅에 숨어 겨울잠
을 청한다.

"불안해." 연이가 말했다."

그냥, 막연하게 불안한 기분이 들어. 내가 잘 살고 있나 하는 생각이 들고, 이런 생활을 언제까지 할 수 있을까 싶고……."

"그럼 그리는 게 싫어?" 내가 물었다.

"나도 잘 모르겠어……. 근데 예전만큼 즐겁지 않은 건 맞는 것 같아. 내가 그림을 계속 그려도 되는 건지도 모르겠고."

연이는 고개를 숙인 채 마룻바닥을 응시하면서 대답했다.

"당연하게 여기가 됐나봐. 요즘 쭉 이어지는 생활

말이야."

"그럴 수도 있지."

"나 있지, 오늘 인스타그램을 봤어. 대학 때 알게
된 친구가 한 명 있었는데, 어제부로 퇴사했다는 글
을 올렸더라고……. 그걸 보면서 왠지 모르게 생각
이 복잡해지는 거야. 이 친구가 대기업에 입사하고
퇴사하기까지 나는 뭘 했나, 어떤 커리어를 쌓아왔
나, 하는."

"그랬구나."

"뭔가 한없이 무기력해지는 느낌이야. 사회생활이
거의 없어서 그런 걸까? 집 아니면 집 근처에만 틀
어박혀 있느라 이런 건지도 몰라. 그래도 회사를 들
어가고 싶은 건 아닌데. 솔직히 내가 할 수 있는 일
이 대체 뭘까 싶어. 내가 뭘 할 수 있을까? 내가 돈
을 벌 수 있을 만큼 잘하는 게 있을까?"

"그림 그리는 게 있잖아." 내가 대답했다.

"당장 어제 그려낸 것만 해도 바로 팔렸고."

"그건 네가 글이랑 같이 올려주기 때문이잖아."

"그건 그렇지." 내가 대답했다.

위로를 위해 거짓말을 하고 싶진 않았다. 거짓으
로 하는 위로가 장기적으로는 가장 상처가 된다는

걸 알고 있기 때문이다.

"나 혼자는 어떻게 하지? 어떤 일을 할 수 있을까? 나 스스로 질문해봤을 때 그건 이렇다, 하고 대답할 수 있는 게 마땅히 없는 것 같아, 나는."

"꼭 혼자 할 필요가 있어? 나랑 같이한다고 잘못된 건 아니잖아. 사람들은 네 그림이 마음에 드니까 사는 거야."

"그렇긴 한데……. 불안한 건 어쩔 수 없어. 그냥 공허한 기분이 계속 드는 건."

"하긴 그래."

나는 눈썹을 한 번 올려 보였다.

"어쩔 수 없어, 그런 불안감은."

"사실 그런 생각은 들지. 회사를 다니든, 아르바이트를 하든, 매월 정해진 만큼의 꾸준한 수입이 있다면 그래도 덜 불안하지 않을까 하는……. 그런 생각이……."

"그건 아닐걸?"

나는 돌연 말허리를 끊어버렸다.

"어째서?"

"불안감이라는 건 없어질 수 없어. 사람이 숨을 붙이고 살아가는 이상. 어떤 형태로든지 불안한 기분은 들기 마련이야. 어떤 사건을 계기로 불안감이 영원히 해소될 순 없겠지. 우리가 매달의 월급이 아니라 로또에 덜컥 당첨된다손 치더라도 그래. 뭐 한동안은 썩 편안한 생활이 이어지겠지만, 죽을 때까지 이어지는 건 결코 아니야. 사람한테는 끝없는 욕심이란 게 있으니까. 난 그렇게 생각해. 욕심이 있어서 불안함도 있는 거라고."

"……."

연이는 아무 대답도 하지 않았다.

계속 듣고 있겠다는 신호였다. 나는 이어서 계속 말했다.

"아니, 애초에 욕심이라는 게 하나도 없으면 숨 붙이고 살아갈 이유가 있을까? 꼭 물질적인 것만 얘기하는 게 아니라, 정신적인 것까지 포함해서 말이야. 목표를 향해 가는 과정 자체가 인생이고, 동시에 인생이 가진 가치이기도 한 거겠지. 도스토옙스키도 비슷한 얘기를 했었고……."

나는 도스토옙스키가 했던 말을 정확한 문장으로 떠올려보려 했지만 좀처럼 기억이 나질 않았다.

"…… 아무튼. 나는 네 불안감이 잘못됐다고 말하려는 게 아니야."

"그럼?"

"난 오히려 좋은 일이라고 생각해."

"왜 그렇게 생각하는데?" 연이가 재차 물었다.

이런 질문을 할 때의 눈빛은 묘한 색깔을 띤다.

"네가 여기로 이사 올 때 무슨 고민을 했었는지 기억나?"

내가 말했다.

"그때는 네가 그림을 막 그리기 시작할 때였어. 그런데 그림으로 돈 벌어 먹고 사는 게 얼마나 힘든지, 너도 모르는 바는 아니었잖아. 그래서 나한테 이런 얘길 했었거든. 다른 사람 월급만큼은 아니더라도, 최소한 월세 정도만이라도 꾸준히 벌 수 있었으면 좋겠다고 말이야."

"맞아, 기억나."

연이는 겸연쩍은 듯 눈썹을 쓸어 만졌다.

"그땐 정말 백수였고……. 하는 일이 아무것도 없었으니까."

"그렇지. 근데 우리가 같이 일을 시작하고 나서, 네 그림은 예순 개가 넘게 팔렸어. 더도 말고 덜도 말고 딱 월세만큼만 버는 게 목표였는데, 우리는 목표를 터무니없이 초과달성한 거야. 벌다가 남은 돈을 합쳐서 태국 여행까지 갔다 왔으니까."

"…… 사실은 돈뿐만이 아니지. 그중에는 어떤 건 누군가의 집에, 또 어떤 건 누군가가 사랑하는 사람의 집에 걸려있을 거야. 그게 나한테는 큰 의미가 있다고 생각해. 내가 그린 그림이 누군가에게 좋은 영향을 준다는 것이…… 무엇보다도……."

연이는 내 이야기에 감응하듯 자신의 이야기를 쏟아내기 시작했다.

그즈음 나는 말하기를 멈추고 연이의 표정을 바라봤다. 아까보다 훨씬 밝아진 표정으로. 차분하게 말을 이어가는 모습을 바라보며 빙그레 미소 지었다. 연이는 십 분쯤 더 이어가다가 말을 끝맺었다.

"…… 그래. 이제는 좀 정리가 돼?"

"그건 아닌데."

연이는 한결 맑은 목소리로 대답했다.

"마음은 편해졌어, 확실히. 이유는 모르겠지만."

"내 생각에 너는……. 아니, 우리는 말이야."

내가 말했다.

"응."

"그냥 성장했을 뿐인지도 몰라. 불과 반년밖에 안 지났는데 말이야. 하기야 우리가 연초에 세운 목표를 너무 빨리 달성해버린 것도 있겠지. 그래서 '다음 단계의 걱정'을 하고 있을 뿐인 게 아닐까, 그런 생각이 들어. 왜, 게임도 그렇잖아. 캐릭터가 성장하면 성장할수록 다음 레벨로 가기가 어려워지고. 몹도 초반에는 주황 버섯 같은 거 잡다가, 나중에 가면 천 년 동안 봉인돼 있던 불 뿜는 드래곤 같은 걸 잡아야 한다고."

"듣고 보니 그럴듯한데."

연이는 턱을 매만지면서 말했다.

"그치? 내가 생각해도 그래."

"진짜, 칭찬 한마디를 못 해주겠어."

"그건 네가 표현에 서툰 사람이라서가 아닐까? 세상에 나같이 말해주는 남자친구가 어디 있어?"

그러자 연이가 웃음을 터트렸다. 그 순간 나는 이루 말할 수 없는 행복감에 젖어 들었다. 이때 느꼈던 감각을 어떻게 표현하는 것이 가장 좋을지…… 지금껏 고민해왔지만 적당한 단어를 찾지 못했다.

소중한 사람의 우울함은 대개 절망적으로 다가온

다. 그 우울함의 원인이 무엇인지는 중요하지 않다. 그저 곁에 있으면서도 이렇다 할 도움이 되지 못하는, 소중한 사람의 마음 하나 달래주지 못하는 스스로가 미워지곤 한다. 그렇지만 어쩌겠는가. 사람의 마음은 자기 자신 이외의 누구도 마음대로 할 수 없다. 지니의 요술램프로도.

그럼에도 불구하고 가끔씩, 정말이지 때와 장소가 기가 막히게 맞아떨어진 나머지 내가 직접 소중한 사람의 감정을 수술할 수 있는 상황도 찾아온다. 마치 사랑의 신이 '이쯤에서 판을 한 번 깔아줘 볼까' 하고 모든 준비를 끝내놓은 것처럼 말이다. 이 순간 우리가 해야 할 일은 정해진 대사를 읊는 것뿐이다. 만약 무슨 대사를 해야 할지 알면서도 입이 떨어지지 않는다면, 어쩜 그 영화의 주연이 되는 건 포기해야 할지도 모른다.

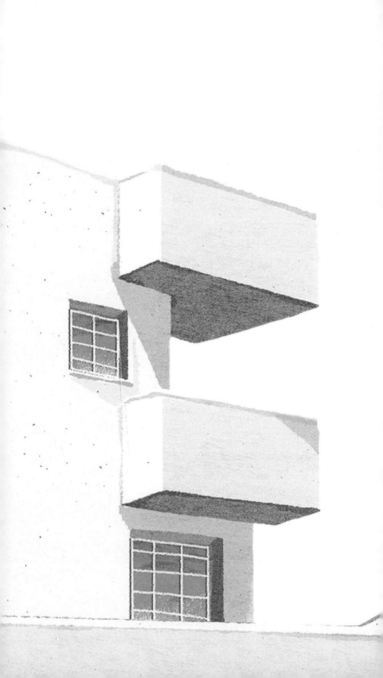

4부

겨울

센 바람이 불고 눈이 내려 쌓인다. 온 세상이
하얘 아무 것도 보이지 않는다. 갈 곳도, 머물
곳도 없는 가운데 겨우 마주치는 우리. 오고
가는 계절이 있어 비로소 깨닫는 소중함. 겨
우 버티는 계절에서 함께 걸어 지나는 계절이
될 수 있다면.

입동立冬

가을과 겨울이 힘겨루기를 한다. 느닷없는
먹구름이 피어오르는가 하면 눈에 띄게 해
가 짧아진다. 땅이 얼기 시작한다.

그때의 날씨를 기억하고 있다. 이중창 바깥으로 기다란 빗줄기가 쏟아지고 있었고, 창문의 방충망은 언제인지 떨어져 나간 채였다. 그날은 하루 내내 집 안 공기가 답답하게 느껴졌다. 그래서 지상 구층 높이씩이나 높게 날아다니는 새 또는 날벌레가 집안으로 들이닥치진 않을까, 하고 걱정하면서도 창을 열어젖힐 수밖에 없었다. 그런 날이었다.

열어놓은 창문으로 제법 세찬 바람이 빗물과 함께 치고 들었다. 방충망이라도 있었더라면 그 정도로 빗물이 새진 않았을 것이다. 나는 아무래도 새로운 방충망을 달아야겠다고 생각했다. 그래도 떨어져 나가기 전에 마저 붙여 수리해 놓았다면 좋았을 텐데.

　이미 때는 늦었다. 지금은 그 떨어져 나간 방충망
이 넓디넓은 신림동 어디로 날아가 처박혔는지 가늠
할 수조차 없다. 어쩌면 비바람을 타고 저 멀리 관악
산 언저리의 어느 나뭇가지에 걸려있을 수도, 혹은
요 앞 도림천에 둥둥 뜬 채 안양까지 흘러가 버렸을
수도 있을 것 같았다. 이렇게 생각하고 보니 불현듯
슬픈 기분이 들었다. 겨우 방충망 하나 떨어져 나간
것 가지고…….

　첫 여자친구와의 첫 동거 생활은 그렇게 끝이 났
다. 우리는 한 달 정도를 더 사귀다가 마침내 헤어졌
다. 여자친구의 왼손 약지에 늘 끼워져 있던 반지가
어느 날부터는 빠져 사라졌다. 참다못해 '반지는 어
디로 갔느냐'고 물었더니, 금은방에 몇만 원쯤을 받
고 내다 팔았다는 대답이 돌아왔다. 어떤 슬픔도, 죄
책감도 찾아볼 수 없는 목소리로.

　그 대답을 듣고 나자마자, 나는 당장이라도 펑펑
쏟아지려는 눈물을 겨우 참아냈다. 그리고 그때까지
내 왼손 약지에 매달려있던 반지를 안간힘을 써가
며 빼내야 했다. 왜 지금껏 끼고 있었던 걸까? 생각

해보면 샤워를 할 때도, 곤히 잠들 때도 빼놓은 적이 없었다. 이 년 넘는 시간 동안 내 몸처럼 붙어 다닌 반지였다. 그래서 빼놓는 걸 깜빡 잊었던 것인지, 아니면 빼고 싶지 않았던 것인지, 그 지경이 되자 전혀 분간이 가질 않았다.

"…… 자, 내 것도 갖다 팔아. 이제는 필요가 없게 돼 버렸으니까……."

나는 겨우 빼낸 반지를 여자친구에게 내밀며 말했다. 지금 떠올려보면 조금 울먹거리는 소리였던 것 같다. 그래도 당시로선 참는 게 최선이라고 생각했다.

"네 걸 왜 나한테 줘? 살 땐 반반씩 나눠서 냈었잖아."

냉정한 답변이었다. 나는 또다시 눈물을 찔끔, 흘릴 뻔했다. 가까스로 고개를 치켜들어 눈가에 고이게끔 하지 않았더라면, 방울진 채 떨어져 픽 볼썽사나웠을 테다. 다행이었다.

"나한테는 필요 없는 거지만, 네가 갖다 팔아서 이사하는 비용에라도 보태 쓰면 좋을 것 같아서……. 마지막까지 조금이라도 도움이 되고 싶은가 봐."

"그래?"

"뭣보다 나는, 버리면 버렸지 금은방에 갖다 팔수는 없을 것 같아. 가다가 죽을 것 같아서."

"그럼 받을게. 이리 줘."

그녀는 내 손바닥 위에 있던 반지를 낚아채듯이 가져가 버렸다. 불과 몇 달 전까지만 해도 상상조차 할 수 없던 장면이었다.

"고마워." 나는 배알도 없이 말했다.

자존심도 없이 으스러져 가는 나를, 그녀는 무척 언짢은 표정으로 쳐다봤다.

"그래……. 더 이상 이상한 소리는 하지 말고. 죽는다는 얘기가 몇 번째야, 대체?"

"미안해."

"사과하지 마. 이제 필요 없어."

그녀가 말했다.

"할 말 다 했으면 난 갈게. 잘 지내. 안녕."

나는 차츰 멀어져 가는, 이제는 전 여자친구가 돼버린 그녀의 뒷모습을 멍하니 바라봤다. 그리고는 완전히 닫힌 카페 출입구에 시선을 고정한 채 한 시간 가까이 망부석처럼 앉아있었다. 그동안 카페 안에 있던 십수 명의 사람들은 계속해서 떠들고 있었고, 이따금 크고 작은 웃음소리가 퍼져 울렸다.

그렇게 우리의 이별은 별똥별처럼 삽시간에 스쳐 사라졌다. 이 일련의 과정이 어찌나 빨리 일어났는지, 주위의 그 누구도 미처 알아채지 못한 것 같았다. 그토록 뜨겁고 찬란했던 별이 겨우 몇 초 만에 몽땅 타버려 재가 됐다는 것을. 우리가 사는 현실의 공기와 마주하자마자 곧장 얼어붙을 만큼 차갑게 식어버렸다는 것을.

그때부터 나는 막연히 두려워졌다. 존재보다 부재가 더 사무쳐 올 만큼 누군가와 가까워지는 일부터…… 막 피어난 벚꽃에 기뻐 웃음 지었다가, 떨어지는 잎새에 행복했던 만큼 슬피 눈물 흘리는 일까지, 모두를 말이다.

비극적인 첫사랑의 대가는 실로 막대했다. 한 번 첫사랑을 경험해본 사람은 두 번 다시 첫사랑으로 되돌아갈 수 없다. 어떤 면에서 나는 에덴동산에 쫓겨나기라도 한 것 같은…… 전혀 아파할 걱정 없이 설레고, 두근거리며 온몸과 영혼을 내던져 사랑할 수 있는 자격을 영원히 잃어버린 것 같은 기분이 들었다.

사랑하기 좋은 계절에

창업한 지 약 일 년 반 정도가 지났을 무렵이었다. 나는 내게 불친절한 일과 사람들로부터 완전히 지쳐 있었고, 아주 오랜만의 휴가를 위해 제주도행 비행기에 올랐다. 그땐 함께 가고 싶은 사람도 한 명 없었다.

첫날은 평화로웠다. 칠 월 들어 완연한 여름 날씨에 접어든 제주도는 무더운 습기가 가득했다. 나는 얼마 없는 돈으로 제주 연동에 있는 꽤 비싼 호텔을 예약했다. 호텔 앞에는 바다가 보이는 농구장이 늘어서 있었다. 첫날은 그 농구장에서 종일 농구를 하는 데 썼다. 나는 꽤 괜찮은 플레이를 했다.

느닷없이 쇄골이 부러지는 사고가 벌어진 것은 바로 그다음 날이었다. 아무런 계획도 세우지 않고 무작정 섬으로 갔던 나는 마침 자전거 대여점을 발견했고, 그 길로 용두암까지 있는 힘껏 달려 올랐다. 내려오는 길에는 브레이크 한 번 잡지 않고 냅다 속도를 냈다. 오랜만에 느껴보는 자유에 잔뜩 취해있었던 셈이다.

아무튼 나는 내리막의 가장 마지막 구간에서 튀어나오는 차를 피하려다 크게 넘어졌다. 급하게 브레이크를 잡았지만 튀어나가는 몸통은 멈추질 않았고

—그대로 오 미터쯤을 붕 떴다가—삼십육 도의 햇빛에 잔뜩 달궈진 아스팔트 위로 오른쪽 어깨부터 내동댕이쳐졌다. 무릎과 손바닥이 갈려 피가 질질 났고, 오른쪽 어깻죽지에서 무언가 엇갈리는 소리가 들리는가 하면 전에 느껴본 적 없던 통증이 몰려왔다. 그나마 불행 중 다행이라고 할지, 나는 지나가던 차주의 도움으로 가장 가까운 응급실에 이송될 수 있었다.

의사는 엑스레이 사진을 한 번 쭉 훑어보더니,

"빗장뼈가 부러졌네요." 라고 말했다.

침착한 목소리였다. 그야 환자도 아닌 의사가 당황해서는 안 될 일이다. 다만 그 상황은 당장 견디다 못해 제주도로 도망쳐갔던 내게 너무도 비극적이고 처절한 시나리오였고, 그래서인지 그 말도 안 되는 통보를 어떤 감정적 동요도 없이 전해오는 의사가 무척이나 믿게 느껴졌다.

기어코 나는 진료실에서 눈물을 흘렸다. 엉엉, 소리까지 내가며 서럽게 울었다. 의사는 당황한 기색이 역력했다. 날 어떻게 달래야 할지 몰라서

"금방 붙을 겁니다. 수술을 하고 일 년쯤 고생하면

원래대로 돌아올 수 있어요."

같은 말을 하는 모양이었다.

일 년이라니. 세상에 일 년만큼 긴 시간이 어디 있단 말인가. 그때의 내게 일 년이란 내가 죽어버리고도 한참은 남을 만큼 긴 시간이었다. 그때는 정말 그랬다.

"그래도, 당장 수술을 받긴 받으셔야 합니다. 집이 서울이면 얼른 돌아가셔야 해요."

"네, 그래야죠." 내가 대답했다.

그렇게 나는 일 년 반만의 휴가를 고작 하루 만에 끝맺음해야 했다. 찢어지는 듯하는 어깻죽지의 고통과 더는 도망칠 곳 없는 정신적 패배와 함께 말이다.

서울에 돌아왔지만 집에는 아무도 없었다. 나는 엑스자 붕대를 하고 있어 몸을 씻을 수도 없었고, 가뜩이나 더운 날씨에 습기가 차서 온몸이 간질거렸다. 그 와중에 조각난 뼈가 살가죽 아래의 신경 다발을 수시로 찔러대는 통에 잠도 자지 못했다.

난 불 꺼진 방 안에서 서럽게 울었다. 살면서 그토록 서럽게 울어본 적도 없었다. 그때서야 나는 이 아득한 도시 가운데서 철저하게 혼자 놓였다는 사실을 깨달았다. 그저 내내 혼자였을 때는 알 수 없었던 고독이었다. 함께 있음으로써 느낄 수 있는 행복만이 그런 종류의 고독을 체감케 한다. 단 한 번도 가져본 적 없는 사람이라면 잃어버리는 고통 역시 가질 수 없었던 것이다.

그 순간 나는 너무 아파서 사랑한 사실을 후회해야 했다. 사실은 그토록 소중했던 사랑을 마주하고도 매 순간 최선을 다하지 않았던 내가 죽도록 미웠다. 되돌릴 수 없는 시간과 이미 저질러버린 이야기들을 하나씩 돌이켜보며 눈물지었다. 바닥에 떨어진 눈물은 하나둘 고여 웅덩이를 만들었고, 내게는 그대로 그 눈물에 빠져 죽어버리고 싶은 마음밖에 남지 않았다.

수술은 딱 죽지 않을 만큼 고통스러웠다. 나는 마취에서 깨어나자마자 고래고래 소리를 지르다가, 수간호사가 냅다 꽂은 모르핀 주사를 맞고 쓰러졌다. 뭐가 그렇게 고통스러웠던 건지. 세상에 쇄골 붙이는 수술을 나 혼자 한 것도 아니었는데 말이다.

그때의 사고와 후유증 그리고 한 달 가까운 업무

상 공백이 당시 '창업의 결과적 실패'에 얼마나 결정적인 영향을 끼쳤을지는, 이제 와선 알 도리도 없거니와 그다지 중요한 문제도 아니다. 핵심은 내가 아주 짧은 시간 동안 정말 많은 것을 잃어버렸다는 것, 그리고 미처 소중한 줄도 몰랐던 것들조차 떠나보낸 뒤 완전히 혼자가 돼 버렸다는 것이다.

한동안 나는 엇비슷한 악몽을 반복해 꿨다. 그 꿈에서 나는 자전거에 올라 가파른 내리막길을 타고 있었는데, 그 자전거는 아무리 브레이크를 세게 잡아도 멈추는 법이 없었다. 어쩌다 제동이 걸려도 자전거만 멈춰 설 뿐 그대로 붕 떠서 바닥에 처박히는 결과는 달라지지 않았다. 도대체 그때 나는 어떻게 해야 했던 걸까? 도대체 어떻게 해야 이런 고통을 겪지 않을 수 있었을까? 당최 어째서
이런 후회를 하며 살고 있는 것일까?

쇄골이 으깨지는 상처를 입고 나서는 두 번 다시 자전거를 타지 않겠다고 마음먹었다. 아니, 탈 수 없다고 생각했다. 그토록 크게 넘어지기 전까지만 해도 괜찮았던 것이, 이제는 호시탐탐 날 잡아먹고 상처 입히려 드는 괴물처럼 보였던 것이다. 나는 너무 빠르게 달린 나머지 자전거 타는 법을 잊어버리고

말았다. 한때 너무 사랑한 나머지 사랑하는 법을 잊어야 했던 것처럼.

사랑하기 좋은 계절에

소설小雪

비가 눈이 돼 첫눈이 내린다. 두꺼운 옷과
이불을 준비하고, 배추를 뽑아 김장한다. 무
지개가 걷혀 나타나지 않는다.

마침 집에는 술이 있었다. 생일을 앞두고 대구에 있던 친구에게서 선물로 받은 것이었다. 혼자 술 마시는 버릇이 없어 포장도 뜯지 않고 그 상태 그대로 있었다.

"위스키 좋아해?" 내가 물었다.

"위스키?"

연이는 방 안쪽 침대에 걸터앉아 되물었다.

"무슨 위스킨데?"

"나도 잘 몰라. 잭 다니엘이라고 적혀있어."

"어디서 들어봤는데."

"유명한 술인가 봐."

"어떻게 마시는지 알아?"

"글쎄. 일단 냉장고에는 콜라밖에 없어. 이거라도 섞어 마실까?"

"좋아." 연이가 대답했다.

나는 위스키 병목을 쥔 상태로 냉장고에서 페트병 콜라를 꺼내 방으로 들어갔다. 연이는 술을 들고 들어오는 내 모습을 신기하다는 듯 올려다보고 있었다.

"그 술 먹이고 나한테 무슨 짓을 하려는 거야?"

연이가 돌연 목소리를 바꿔가며 말했다.

"설마……."

"아무 짓도 안 할 거야. 이제 와서 무슨."

딱 잘라 대답했다.

"뭐야, 시시해. 좀 받아주면 안 돼?"

"받아줄 만한 걸 이야기하면 받아주지."

내가 말했다. 연이는 입을 삐죽 내밀고 있는 와중에도 내가 곁에 앉을 수 있게끔 엉덩이를 들어 자리를 내줬다. 나는 연이가 내준 그 자리에 앉아 위스키 뚜껑을 돌려 땄다. 위스키 특유의 쌉싸름한 냄새가 코끝에 와 닿았다.

"…… 신기해. 나 이런 거 마셔본 적 처음이야."

"거짓말 안 해도 돼." 내가 말했다.

"순수한 사람인 척 할 필요 없다고."

"그런 거 아닌데. 정말 안 마셔봤어. 칵테일은 몇 개 마셔봤어도."

"그럼 그런 줄 알아야지. 자, 받아."

나는 부엌에서 가져온 잔 두 개에다 차례로 위스키를 사분의 일쯤 채운 다음, 그대로 막 뜯어 탄산이 끓고 있던 콜라를 들이부어 섞은 뒤 연이에게 내밀었다.

연이는 잔을 받아 들자마자 술을 홀짝거리더니

"오. 의외로 맛있는데? 이거."

하고 웃으며 말했다.

"오늘은 많이 마실 수 있겠어."

"시작부터 무리할 생각부터 하네. 또 지난번처럼 민폐 끼치려고?"

"내가 언제 민폐를 끼쳤다고 그래?"

"며칠 전에 네가 했던 그게 민폐지, 뭐가 민폐야? 이불에서 술 냄새 털어내는 게 얼마나 힘들었는데."

"내가 네 집에 오는 게 싫다 이거네. 나는 존재 자체가 민폐라 이거구나."

"그런 소리는 아니고."

"그럼 마시자."

연이가 술잔을 내밀며 말했다.

나는 겸연쩍게 건배를 하고 술을 한 모금 마셨다. 즉흥적으로 만든 것치곤 제법 맛이 괜찮았다. 그때 만들었던 그 술이 잭콕JackCoke이라는 이름까지 붙어 있을 정도로 꽤 유명한 칵테일이라는 사실은 나중이 돼서야 알았다.

한 시간 넘게 잔이 오고갔다. 연이는 제가 한 말마따나 꽤 무리를 하는 것 같았다. 더구나 그땐 왜인지 나도 들떠 있었다. 우리는 아무 생각 없이 마구 마셔댔고, 머잖아 떠오르는 말을 죄다 뱉지 않으면 찝찝할 만큼 취해버리고 말았다.

우리는 이야기하면서 자주 웃었다. 그렇게 그날은 즐거운 이야기만 하다가 끝맺었어도 괜찮을 것 같았다. 그럼에도 불구하고 나는 일찌감치 해야 할 말을 알고 있었다. 그 말이 연이로 하여금 영원히 날 미워하게 만들지언정.

그렇게 나는 나름의 결론에 도달했고, 가까스로 용기를 내 말을 꺼냈다. 술의 힘을 빌리는 게 비겁했

단 점은 인정한다. 맨정신으로는 도저히 못 할 말이었다.

"나랑 계속 만나고 싶어?" 내가 물었다.

"갑자기 무슨 소리야? 새삼스럽게……."

연이는 콧방귀를 뀌며 대꾸했다.

"계속 만나기 싫은 사람이랑 왜 술이나 마시고 있겠어? 그것도 외간 남자 집에서."

"그래, 그렇구나."

"왜, 실망했어?"

"아니, 전혀." 나는 고개를 저으며 말했다.

"너무 기뻐. 정말 다행이라고 생각해. 나만 널 좋아하는 게 아니어서."

"좋아, 그럼 앞으로 어떻게 되는 거야?"

"이제부터 그 얘기를 하려고 했어."

"해봐, 그럼."

연이는 얼핏 진지하게 말하고 있었다. 다만 눈빛이며 대답하는 목소리가 잔뜩 긴장한 듯 파르르 떨리고 있었다. 난 연이의 그런 모습에 어쩐지 조금 더 용기를 낼 수 있었다. 내가 하려는 말을 장난처럼 받아들이지 않으리라는 확신이 그때 생겼다.

"…… 너한테 솔직하게 털어놓을 말이 있어."

나는 말을 꺼내는 가운데 내 목에서 흘러나오는 소리에 놀라고 있었다. 세상에, 내가 이런 얘기를 하다니. "이 얘기는 너에 관한 게 아니야. 순전히 나와 내가 가진 문제에 대한 이야기지."

"음, 잘 모르겠어. 지금 무슨 얘길 하려는 건데?"

"계속 날 만나겠다는 결정을 하기 전에, 네가 꼭 알아둬야 하는 게 있다는 말이야."

"알았어. 얘기해줘."

"나는 거의 일 년 동안 연애를 하지 않았어."

"나랑 비슷하네, 뭐."

연이는 그게 뭐 대단한 얘기냐는 듯 피식 웃으며 대꾸했다.

"너무 오랜만이라 자신이 없다는 거야?"

"아니…… 음. 자신이 좀 없는 건 맞는데. 이유는 조금 달라."

"그게 뭔데?"

"나는 처음 사귄 여자친구와 동거를 했었어. 꽤 오래 같이 살았지. 거의 가족 같은 존재였어. 그 사람과 같이 했던 시간동안 나는 정말 많은 걸 배울 수 있었고……. 정말 다른 사람을 만나는 게 상상이 안 될 정도로 사랑했어. 또 정말 많이 싸우기도 했지."

"…… 그래서." 연이는 차갑게 말했다.

"그런데 어느 날 그 사람이 떠나버렸어. 내가 너무 큰 상처를 줘버렸거든. 너무 큰 잘못을 했어. 심지어 난 그게 그 사람한테 엄청난 상처가 될 거라는 걸 알고 있었는데도. 거짓말은 더 큰 거짓말을 하게 만들었고, 그렇게 쌓이고 쌓인 거짓말들은 어느 시점에 다다라서 한꺼번에 터졌지. 그렇게 나라는 존재는 그 사람에게 아무 의미도 없는 사람이 돼 버린 거야. 그렇게라도 하지 않으면 너무 아파서 살아갈 수 없었을 테니까."

"응."

"아무튼 우린 헤어졌고, 나는 몇 년 동안 내가 했던 잘못과 거짓말들을 후회하며 살았어. 사실은 지금도 그래. 아무리 후회하고 반성한들 이미 저질러버린 일들은 돌이킬 수 없는 거니까. 난 너무 힘들고 고통스러워서, 어떻게든 할 일을 찾아 헤맸던 것 같아. 마침 창업이 도움이 됐었지. 말도 안 될 만큼 커다란 비전을 세우고, 그걸로 회사를 만들고, 회사의 대표로서 사람을 구하고, 여기저기 쏘다니면서 바쁘게 일을 하는 것들이……. 이별의 아픔으로부터 도망치는 데 상당한 도움이 됐어. 그런데 사실은 몰랐던 거야. 아픔을 마주하는 게 두려워서 도망치고 나면, 나중에 더 큰 아픔으로 되돌아온다는 거. 그것도 삶의 가장 밑바닥일 때. 스스로가 가장 불행하고 처참하다고 생각되는 시점에 들이닥쳤어. 도망친 시간만큼 이자까지 잔뜩 붙어서 말이야."

"응."

"나는 정말 견딜 수 없을 것 같아서, 죽으려고 시도도 몇 번이나 해봤어. 너도 알겠지만. 널 만나기 얼마 전에도 그랬고. 웃긴 건 그렇게 고통스러워도 시간은 간다는 거지. 그동안 내가 세웠던 회사는 망하고, 빚이 생기고, 혼자 쓰러질 때까지 일을 하면서 겨우 빚을 갚았고……. 그러고 나서 언제 한번 거울을 딱 봤는데, 멍청하게 생긴 놈 하나가 못 봐줄 정도로 초췌한 몰골을 하고 날 쳐다보고 있었던 거야. 눈은 무슨 몇 년 썩은 생선 눈깔처럼 탁해가지고. 옛날에는 모르겠는데, 이제는 자기 자신을 포함해 세상에 존재하는 그 어떤 것도 사랑하지 못하는 인간처럼 보였어. 정말. 나한테는 남은 게 아무것도 없었어. 한때 그렇게나 사랑했던 사람도, 일도, 아주 조금씩 나아져 가는 내 모습도. 다 잃어버렸지. 그때 돼서야 깨달았어. 사람은 사랑하는 게 하나도 남지 않게 됐을 때 죽는다는 거. 사람이 스스로 죽는 이유는 정말 죽고 싶은 이유가 있어서가 아니라, 살고 싶은 이유가 단 하나도 남지 않아서라는 거."

"…… 응."

"어떻게든 살아보려고 노력은 안 해봤냐고? 그쪽에서 나처럼 많이 노력해본 사람도 없을걸. 나는 꾸준히 정신과 상담을 받았고, 하루도 빠짐없이 항우울제를 먹고, 더 먹고, 그러고도 죽으려는 마음이 더 커서 복약량을 한계까지 늘렸어. 빌어먹을 프로작이니 웰부트린이니 하는 걸 몇 알씩, 하루에도 몇 번씩 먹어댔어. 어떨 땐 캡슐을 너무 많이 삼켜서 식도가 막혀버리기도 했지. 사람이 약으로 식도가 막히면 어떤지 알아? 목이 아픈 게 아니라 양쪽 가슴 사이가 둔탁하게 막힌 기분이 들어. 숨 쉴 때마다 역한 양약 캡슐 냄새가 목으로 코로 올라오고, 그마저도 시간이 갈수록 숨구멍이 턱턱 막혀서 현기증이 나고 어지럽기도 해. 나중에 알고 보니까 그대로 잠들어서 호흡곤란으로 죽어버리는 사람도 있다더라고. 참, 나도 그런 건 몰랐던 거지. 그때 수면제 몇 알만 더 삼켜버렸으면 더 이상의 고통 없이 가는 거였는데. 당장은 너무 아프니까 남아있던 밥을 우걱우걱

먹었어. 뜨거운 물도 몇 리터나 마셔대고. 고개를 앞
으로 푹 숙인 다음에 팡팡 뛰고. 살려고 발버둥을 쳤
지. 그렇게 살아버리고 나니까 참 아이러니하더라.
난 고통 받는 게 싫어서 살고 싶지 않았던 거고, 살
기 싫어서 죽으려고 했던 건데, 죽으려면 꼭 무슨 형
태로든지 고통을 받아야 하는 거야. 목매다는 것도,
손목을 긋는 것도, 한강에 뛰어내리는 것도. 안락사
라는 게 우리나라에도 허용이 됐으면 얼마나 좋았을
까, 그런 생각을 하루에도 수십 번은 했었어."

"응."

"새로운 사람도 만나봤지. 솔직히 나 같은 허접
쓰레기를 누가 만나줄까 싶었는데, 날 마음에 들어
해 주는 사람도 있었지. 정말 고맙게도. 그래서 나
도 안간힘을 써가며 최선을 다했어. 이렇게 보잘것
없는 나를 좋아해 준다는 것에 아주 조금이라도 보
답을 하고 싶었거든. 그렇게 몇 번의 연애를 더 했던
것 같아. 감당할 수 없는 사람을 만나서, 감당할 수
없는 사랑을 받기도 했지. 그런데 그마저도 얼마 안
가 헤어져야 했어. 알고 보니까 나는 더 이상 그 어
떤 상처도 받기 싫은 사람이 돼 있었던 거야. 그래서
내 나름대로는 최선을 다해 사랑한다고 하는 것이,

상대방에게는 미처 손이 닿지 않을 만큼 먼 거리로밖에 가까워지지 못했어. 내가 안전할 수 있는 거리. 어느 날 그 사람이 훌쩍 떠나버리더라도 상처받지 않을 수 있는 거리를 만들어 냈어. 적당히 믿고, 적당히 표현하고, 적당히 사랑받을 수 있는. 그러면서 내가 상대방에게 줄 상처는 생각하지 못했던 거야."

"응."

"마지막으로 사귄 사람이랑 헤어질 때는 이런 말을 들었어. 다음에는 이렇게 사랑하지 말라고……. 나는 그게 무슨 뜻인지 한참을 고민해 보고 나서야 알았지. 난 상처받기 싫은 주제에 사랑은 받고 싶었던 거야. 무슨 말인지 알아? 그런데 참 웃긴 게, 나는 역으로 누군가에게 상처 주는 사람도 되고 싶지 않았어. 그렇게 사는 게 무슨 소용이 있겠어? 그거야말로 민폐지. 그런데 죽는 건 또 무서우니까, 그때부턴 나처럼 상처 입기 싫어하는 사람들만 만났어. 아주 잠깐의 온기만 나누면 되는 관계였지. 외로울 때 함께 자고, 너무 추울 때 꼭 껴안을 수 있는 관계……. 하나같이 몸이 차가운 사람들이었어. 뭐라고 해야 할까, 너무 추워서 금방이라도 얼어 죽을 것 같았다는 듯이. 나는 그 사람들이 원하는 걸 어느 정도 채워줄 수 있었어. 알고 보니까 나도 꽤 나쁘지 않더라고. 여러 사람을 만나보기 전까진 몰랐는데."

"맞아. 솔직히 좀 의외긴 했지."

연이는 아주 많이 취한 모양이었다.

"그래서?"

"…… 하여간. 문제는 그렇게 해도 누군가에게는 상처를 주게 된다는 거야. 내가 전혀 의도하지 않더라도 그래. 나는 단 한 마디도 거짓말을 하지 않았는데도. 당신에게 내가 줄 수 있는 건 순전히 육체적이고 물리적인 것뿐이라고. 나는 나 자신을 포함해 아무도 사랑할 수 없다고. 하등 쓸모도 가치도 없는 나 따위에게 소중한 마음을 쓰지 말라고. 난 당신이 생각하는 것만큼 좋은 인간도, 매력적인 인간도 아니라고. 나는 가까이하면 상처만 주는 쓰레기 같은 인간이라고. 누군가에게 마음을 주기는커녕 나 스스로를 부지하기에도 힘에 부친다고. 모두 솔직하게 말했는데도 그랬어. 왜 그랬는지 지금도 이해는 못 하겠어. 정말 여자들한테는 모성애라고 할까, 그런 게 있는 걸까? 그래서 나처럼 결함투성이에 하루하루 죽어가는 인간을 보고 곁에 있어 주고 싶은 마음이 들었던 건지도 모르지. 이런 남자라도 나의 헌신과 사랑으로 나아지게 할 수 있어, 뭐 그렇게 생각했을 수도 있고. 하기야 나로선 좀 바보같이 느껴지기도 했던 것 같아. 왜냐면 애초에 나 아닌 다른 누군가의 힘으로 어떻게 할 수 있는 게 아니거든. 나 스스로도 어쩔 수 없고. 실상 말기 암 환자와 다를 바 없어. 정신적인 고통이냐, 물리적인 고통이냐 하는 차이가 있을 뿐이지. 오늘내일하는 암 환자를 앞에다 두고, 아무리 헌신하고 사랑을 퍼붓는 들 하루아침에 암세포가 사라지는 일은 일어나지 않잖아. 그건 그 사람의 잘못도, 내 잘못도 아니지. 그냥 일이 그렇게 돼버린 거야. 그런데 그 과정 속에서 누군가는 상처를 받기 마련이고. 난 그게 싫었어. 나야 죽어버리면 그만인데, 왜 누군가가 고통받아야 하냐고. 내가 죽기 직전까지 아주 조금이라도 온기를 더 느낄 수 있게? 세상에 그렇게 이기적인 발상이 어디 있어? 난 그렇게 하고 싶지 않았어. 그래서 나는, 조금이라도 내 안전거리 안으로 들어오려는 사람들을 모조리 끊어냈어. 잔인하게 잘라내면서 지금까지 왔어. 그게 그나마 덜 상처받는 방법이니까. 서로한테 말이야."

"······ 할 말은 끝난 거야?"

연이가 낮은 소리로 물었다.

"아니, 아직 조금 남았어."

"그래?"

"지금까지 한 얘기는 내가 오래전부터 상처받고 소모적인 관계를 이어왔다는 거였고." 나는 침을 삼켰다. 동시에 다리와 오금이 저려왔다. "정말 하고 싶은 얘기는, 그래. 사실은 이틀 전까지도 그랬어. 불과 널 만나기 바로 전날까지도."

"날 만나기 직전에 다른 여자랑 잤단 말이야?"

"그래." 내가 말했다.

그리고 이제는 모두 끝났다고 생각했다.

"흠." 연이는 괜한 척 웃는 모양새였다.

"왠지 그럴 것 같긴 했어."

"상처받지 않았어?"

"글쎄? 그다지 상처는 아니고……. 그냥 그렇구나 싶어. 너 말마따나 누굴 속인 것도 아니고. 그럴 의도도 없었던 거잖아."

"그래도 상대방한테 상처가 될 순 있는 거니까."

"내가 뭐 어쩔 수 있는 것도 아니잖아. 굳이 말하자면 좀 질투가 나네. 지금 목에 나 있는 자국도 그렇고."

"아, 이거……."

나는 화들짝 놀라 목에 있던 빨간 자국을 손으로 가렸다. 전혀 신경 쓰지 못한 부분이었다.

"…… 미안해, 미처 몰랐네. 누가 남긴 건지도 모르겠어, 사실."

"미안할 필요까지야 없지. 어느 정도는 알고 있었으니까. 그냥……. 솔직하게 말해줘서 고마워. 나도 걱정했거든. 네가 날 가볍게 생각하고 있을까 봐. 이런 건 어디 가서 말도 못 하겠고……. 네가 나라는 사람을 정말 소중하게 생각하고 있다는 게 느껴져서 참, 좋네."

"…… 그래?"

나는 생각지 못한 반응에 또 한 번 놀랐다.

"응. 어제 내가 처음 덮쳤을 때 왜 몇 번이나 거절했는지도 알 것 같고."

"그 얘긴 이미 안 하기로 했잖아."

"재밌는 걸 어떡해? 세상에 이것보다 재밌는 것도 없어……. 그래서, 이젠 어떻게 할 건데?"

"뭘 어떻게 해?"

"상황을 알았으니까. 이젠 어떻게 풀어나가야 할 것 아냐? 앞으로 어떻게 할 거냐고."

"앞으로?"

"응."

"네 계획 먼저 물어봐야겠는데."

"나?"

연이가 눈을 크게 떴다. 검은자위가 스탠드 불빛에 젖어 옅게 반짝였다.

"난 앞으로 너한테서 떨어질 생각 없는데."

"…… 진심으로 하는 말이야?"

"응. 진심이야."

"그래, 그럼 나도 진심으로 말할게……. 물론 아까부터 진심이었지만."

"알고 있어."

"딱 일주일만 기다려줄래? 내가 준비할 수 있게끔."

"알았어."

"그동안 다 깔끔하게 정리하고 올게. 그런 다음에, 한결 당당한 마음으로 널 만나고 싶어. 어때?"

"알았다니까."

"아, 젠장." 나는 한숨을 쉬며 말했다.

"생각을 좀 하고 말하면 안 돼? 왜 아무런 고민도 없이 대답하는 거야?"

"시간이 얼마가 걸리든지 난 기다릴 거니까. 팬찮

아."

"……."

나는 무슨 대답이라도 해야 할 것 같은 기분이었지만, 목 깊숙한 곳으로부터 울컥한 느낌이 들어 아무 소리도 나오려 들지 않았다.

"헤프게 사는 것도 이젠 끝났네"

연이가 속삭이듯이 말했다.

"다 준비되면 그때 말해줄래? 사랑한다고……."

"응. 그럴게."

나는 울먹이면서 대답했다.

"꼭 그렇게 할게."

대설大雪

눈이 많이 내리고 추위가 밀어닥친다. 땅과
물이 얼어 봄이 될 때까지 녹지 않는다.

우리는 계속해서 서로의 눈을 응시하고 있었다. 멈추고 싶은 시간이 멈추지 않고 계속 흘렀다. 나는 침대 옆 테이블에서 맥주캔을 들어 흔들었다. 한 시간 전부터 마시던 맥주였다. 여전히 다섯 모금 정도는 남아있는 것 같았다. 하릴없이 입에 대고 조금 홀짝였다. 맛은 없었다. 나는 김빠진 맥주가 너무 싫었다.

"…… 빈아."

내 오른쪽에 누워 있던 연이가 말을 꺼냈다.

"나도 할 말이 있어."

"뭔데?"

"이 얘기는 앉아서 들어줬으면 좋겠는데. 중요한 얘기라서."

"그래? 그럼 어쩔 수 없지"

나는 누워 있던 침대에서 일어나 의자로 갔다.

"무슨 얘길 하려는 거야?"

"먼저 사과를 하고 싶어"

"갑자기 사과는 무슨 사과? 대체 무슨 얘기길래."

"나는 사과를 해야 해."

"그런 건 듣는 내가 판단할 문제야. 얼른 얘기해. 불안하게 하지 말고."

"…… 듣고 뛰쳐나가지 않는다고만 약속해줄래?"

"아, 답답하게 하지 말고!"

나는 가볍게 역정을 냈다. 실은 조금 불안했던 것 같다.

"대체 무슨 얘긴데 그래? 뭐. 이제 와서 '나는 사실 지금껏 사귀고 있는 남자친구가 있어' 같은 말을 하려고?"

"아니, 그런 건 아니야. 환승 연애를 많이 하긴 했었지만, 이번엔 아니야."

"아하. 옛날에 만났던 남자친구 얘기구나?"

"어느 정도는 그래."

"음……."

나는 순간적으로 입술 양 끝을 아래로 내려 보였다. 뭐랄까. 예의 내 이야기에 대해 모종의 복수를 하려는 건 아닐까, 같이 유치한 생각이 들어서였다. 이런 부분에서 태연하지 못한 스스로의 모습이 새삼스럽기도 했다. 누가 누구와 몸을 섞었던들 무슨 상관이냐, 나는 그렇게 이야기해왔었는데.

"…… 이야기해도 돼?"

연이는 내 안색을 살피며 물었다.

"이제 와서 이야기 안 하는 것도 웃기잖아."

나는 조금 웃으며 말했다.

"그래도 쿨한 척은 못할 거 같아. 그런 건 잘 못하거든. 기분이 좋든 나쁘든 얼굴에 다 드러나 버려서……."

"쿨한 척할 필요 없어. 너한테 그런 건 원하지 않아."

"그래, 그럼 얘기해."

"응" 연이가 말했다.

"아까 말했다시피, 나는 환승 연애를 많이 했었는데……."

나는 연이가 하는 이야기를 잠자코 들었다. 대학

183

에서 자신이 가졌던 인간관계나 수원에 있는 가족들과의 사이가 어떤지도 이야기했지만, 대부분은 지난 연애에 대한 회고였다. 생각과 달리 너무 평범한 이야기들뿐이었다. 그때 나는 어찌나 긴장했는지 연이의 눈을 똑바로 쳐다본 채 움직이지도 않았다. 그저 연이의 말 가운데 하나의 거짓말도 없길 바라면서.

"…… 그래서 혼자 서울로 올라왔고, 널 만나게 된 거야."

"서울에 올라와서는 연애를 안 했어?

내가 물었다.

"응. 할 시간도, 여유도 없었어."

"좋아. 너로선 최선의 선택이야."

"어, 왜?"

"서울에서 제일 처음 고른 남자친구가 나잖아. 사실상 더 나은 대안은 없을 거라고 생각해."

"언제는 자존감이 낮다고 했던 것 같은데…….

"그래서 가끔 이런 발언을 해줘야 해. 나름의 자가 솔루션이지."

나는 태연하게 답변했다.

"그래, 그건 그렇다 치자."

"고마워." 나는 웃으며 대답했다. "그래서, 얘기

는 이게 끝이야?"

"아니. 사실 제일 중요한 얘기가 남아있어."

"그게 뭔데?"

"그러니까."

연이는 조금 주저하는 것처럼 보였다.

"…… 했었어."

"…… 뭐?"

잘 들리지 않아서 되물었다.

"…… 임신 말이야."

연이가 거듭 대답했다.

"임신을 했었어. 대학에서 사귀었던 남자친구 때문에."

"아?"

나는 술이 확 깨서 다시 물었다.

"너한테 애가 있다는 거야? 지금 얘기는."

"아니야."

"그럼……. 아……!"

나는 뒤늦게 너무 멍청한 질문을 했다는 생각이 들었다.

"응. 수술을 했었어."

"……."

"그나마 초기에 했던 게 정말 다행이었지. 생각보다 정말 단순한 수술이었어. 기억으로는 십 분도 안 걸렸던 것 같아."

"……."

"…… 얼마나 간단했는지, 사실 실감도 안 났어. 그냥 기분이 좋지 않은 것 정도? 거기선 수술도 아니라 시술이라고 했지. 10주가 지나야 그때부터 수술이라 부른다고."

"……."

"약도 따로 처방해주는 게 없었어. 시술 딱 끝나고 대기실로 나오면 그냥 가라고 해, 간호사가. 그래서 그냥 그대로 나와서 집으로 갔어."

"…… 다른 사람들은 알고 있어?"

"CC였으니까. 다니던 학교에서 조금 소문이 퍼지긴 했지……. 그것 말곤 어디 얘기한 적은 없어."

"가족한테는 얘기했고?"

"안 했어."

"앞으로도 안 할 생각이야?"

"해야겠지. 언젠가는."

"응. 나는 네가 가족한테 이야기해야한다고 생각해."

"왜?"

"서로한테 너무 슬픈 일이니까."

"맞아, 그렇긴 하지." 연이가 대답했다.

나는 무슨 말을 해야 할지를 좀처럼 알 수 없었다. 당장은 내가 어떤 기분인지도 혼란스러웠다. 연이의 얘기에 기분이 나쁜 건 아니었다. 그것만은 확신할 수 있었다. 말하자면 슬픈 기분이기는 한데, 그렇다고 마냥 슬펐느냐면 그것도 아니었다.

그때의 내 복잡한 심경을 설명하기 위해 굳이 비유를 갖다 대자면……. 어느 날 문득 정말 너무 귀엽고 사랑스럽게 생긴 고양이가 집에 찾아왔다 치자. 이렇게 된 이상에야 어떻게든 키울 수밖에 없다는 걸 알고 있다. '앞으로 뭐라 불러야 좋을까' 하고 괜찮은 별명까지 고민하기 시작했다.

그런데 고양이의 용태를 좀 살펴봤더니 여태 어디서 어떻게 지내다 여기까지 온 건지 몰골이 말이 아닌 것이다. 가슴팍에는 언제인가 크게 났던 상처가 곪을 대로 곪은 흉터가 있고, 꼬리에는 스스로 물어뜯은 자국이 있는가 하면 이빨이나 발톱도 몇 개씩 빠져 있다. 손길을 피하지 않는 걸 보면 전에도 사람을 믿었던 경험이 있는 것 같은데……. 그렇게 하얗

고 검게 빛나는 눈동자로 빤히 날 쳐다본다. 그 시
선에 아로새겨진 두려움과 외로움이 내게 묻고 있었
다. 나의 전부를 사랑할 수 있겠느냐고. 곪은 상처나
흉터는 내버려 두고, 예쁜 고양이만 데려가려 했느
냐고.

나는 눈을 질끈 감았다.

"…… 같이 갔었어?"

"뭐?"

"남자친구가 같이 갔었냐고, 병원에."

"아니, 혼자 갔어"

연이는 무뚝뚝하게 대답했다.

"…… 뒤늦게 오긴 왔었어. 근처 김밥천국에서 밥
한 끼 먹고 헤어졌던 거 같네."

"힘들지 않았어?"

"힘들었어."

"후회해?"

"아니. 후회해봤자 돌이킬 수 있는 것도 아니니까.
어차피 낳고 싶지 않았어. 걔랑 계속 만나고 싶지도
않았고."

"……."

"…… 미안해."

연이가 말했다.

"난 너처럼 용기 있는 사람이 아니라서, 뒤늦게 얘기할 수밖에 없었어. 미안해. 네가 날 미워하더라도 난 괜찮아."

나는 계속해서 아무 대답도 않고 있다가, 별안간 뇌리에 어떤 시의 마지막 구절이 내리꽂혔다. 나는 그 시를 언제인지 대강 기억도 나지 않는 어느 날에 어떤 지하철역 플랫폼에서 읽었던 것이다.

살다가 살아보다가 더는 못 살 것 같으면
아무도 없는 산비탈에 구덩이를 파고 들어가
누워 곡기를 끊겠다고 너는 말했지

나라도 곁에 없으면
당장 일어나 산으로 떠날 것처럼
두 손에 심장을 꺼내 쥔 사람처럼
취해 말했지

나는 너무 놀라 번개같이,

번개같이 사랑을 발명해야만 했네

〈사랑의 발명〉, 이영광

　스크린도어에는 풀린 눈으로 하염없이 전철을 기다리던 내 얼굴이 비쳐 보였고, 그 시는 그런 내 모습 위를 하얀 글씨로 덮어쓴 모양새였다.

　어째서 그 시의 그 마지막 구절이, 하필이면 그 시간 그 상황에 떠올랐는지 나로선 알 도리가 없다. 그저 우리가 사는 우주에선 간혹 그런 일들이 일어난다. 실로 기막힌 우연이었다. 그래서 나는 번개같이, 번개같이 사랑을 발명해낸 다음…… 연이의 양손에 깍지를 끼며 말했다.

　"…… 다시는 그런 일이 없도록 할게."

　내가 말했다.

　"응?" 연이는 자못 당황한 표정이었다.

　"그건 무슨 뜻이야?"

　"다시는 너 혼자 내버려 두지 않을 거야. 적어도

내가 널 사랑하는 동안에는."

"……."

"그동안 고생 많았어. 나한테 오기까지 이런저런 일이 많았구나……. 힘들었던 일들을 완전히 잊을 순 없을 거야. 이미 일어난 일들을 없던 일처럼 만들어버릴 수도 없겠지."

"그런 걸 바라진 않아. 나는……."

"다만 덜 떠오르게 할 순 있을 거야. 조금씩 더 행복한 하루를 만들어가면서. 그럼 언젠가 뒤돌아볼 땐 그런 생각이 들 수도 있을 거야. 그때 그 시간은 너무 힘들었지만……. 어쩜 *지금의* 행복을 얻기 위한 *과정*이었을 수도 있겠다고 말이야."

"…… 응."

연이가 못내 시큰한 목소리로 말했다.

"정말 별거 아닌 일이라서 다행이야. 그건 내가 얼마든지 도와줄 수 있어. 정말로. 나는 네가 숨겨둔 자식이 몇 명 있거나, 도박 빚이 수천만 원쯤 있다거나, 뭐 그런 이야기면 어쩌나 했거든……. 그건 내가 도와주고 싶어도 도와주기 어려운 거라서. 너도 알다시피 당장 내 코가 석 자잖아."

"진짜, 바보 같은 소리나 하고"

연이는 희한한 표정으로 웃고 있었다.

"솔직하게 얘기하길 잘한 거 같아. 네 덕분에 용기가 났어. 고마워."

"…… 많이 춥네. 그치?"

나는 퍼뜩 일어나 창문을 닫았다. 방충망 안쪽으로 옅은 빗줄기가 튀어왔다.

"곧 봄이 될 거야. 지금은 춥지만. 때가 되면 봄이 오는 법이잖아."

"…… 사랑해. 계속 나랑 같이 있어 줄래?"

내가 말했다.

"이번 겨울에도, 내년 봄에도, 여름에도, 가을에도, 또 돌아오는 겨울에도, 그리고 계절이 다 지나간 뒤에도…… ."

"…… 그래."

연이의 눈망울에 옅은 주황색 불빛이 반짝거렸다. 나는 뒤늦게 연이가 울고 있다는 걸 알아차렸다.

"그렇게 할게. 앞으로, 쭉…… ."

동지冬至

눈이 많이 내리고 추위가 밀어닥친다. 땅과
물이 얼어 봄이 될 때까지 녹지 않는다.

그날도 마찬가지로 비가 내렸다. 밤하늘로부터 어둑어둑한 냄새가 났다. 우리가 같이 산 지 얼마나 됐었지? 두 달이 지난 뒤부턴 날짜를 세지 않았다. 우리는 서로에게 너무 익숙해졌다. 지난 기억들이 벌써 몇 년은 지나 아득하게 느껴질 지경이었다.

연이는 여전히 뭐라 말을 계속 이어나가고 있었다. 웬일인지 무척 화가 난 것 같은 인상이었다. 우리가 싸우고 있었나? 뭐 때문에 싸우고 있었지? 보나 마나 별 볼 일 없는 이유일 것이다. 이제 와 떠올리는 게 더 불쾌할 정도로. 연이와의 싸움은 항상 그랬다.

나는 지겹도록 나를 깎아 먹었다. 더이상 상처받고 싶지 않은 연이를 위해 자진해서 미안하고 비참하며 하찮은 인간이 되길 반복했고, 어느 순간부터는 나라는 인간의 존재까지 미안해하고 있었던 것이다. 내가 가졌던 미안함은 제약이 돼 서서히 내 목을 졸랐다. 이제는 해주고 싶은 것보다 하지 말아야 할 것들이 더 많아져 버렸다.

　그 무렵 나는 연이와 달리 충분히 상처받을 준비가 돼 있다고 생각했다. 그 생각은 사실이었다. 정말이지 어느 정도는 그랬다. 단지 내가 그 정도로 괜찮지 않을 줄 몰랐을 뿐이다. 하기야 그 우울증이 하루아침에 증발해버렸다고 생각하는 것도 난센스였다. 난 여전히 죽고 싶었고, 삶의 거의 모든 것들이 공허했고, 내게 남은 시간들이 전부 보잘것없는 것이라 확신하고 있었다. 그리고 연이는 이런 영역에서 의지나 위로가 되는 부류의 인간이 아니었다. 어째서 그런 가능성을 고려하지 못했을까? 내가 연이의 상처를 품을 수 있다고, 연이가 내 모든 상처를 품어주리라 함부로 착각했던 건 아닌가?

　난 주위의 모든 것들이 현실이 아닌 것처럼 느껴졌다. 후두두 하고 빗방울이 창가에 부딪히는 소리,

전구색 스탠드로 침침히 밝혀진 집안의 모습이나 우리가 함께 샀던 가구들이며 함께 읽고 책장에 꽂아 놓았던 길고 짧은 소설 같은 것들이 모조리 꿈만 같아 보였다.

그래서 나는 말했다. "그만하자"고. "이제 헤어지자."고.

"…… 뭐라고?"

연이는 문득 하던 말을 멈추고 대꾸했다. 내 입에서 전혀 상상도 못 했던 말이라도 나왔다는 듯이.

"방금 뭐라고 했어?"

"들은 그대로야. 헤어지자. 더는 못 하겠어."

"…… 진심이야?"

"응." 나는 망설이지 않고 대답했다.

"아니……. 정말 진심이냐고. 너, 네가 한 말에 책임질 수 있어?"

"내가 한 말에 모두 책임져야 한다는 거, 알고 있어. 홧김에 하는 말도 아니야. 널 위협하기 위해 하는 말도 아니고. 나는 지쳤어."

"…… 왜?"

"너한테 쏟아 부은 마음이 모두 가치 없게 느껴져. 언젠가 나아질 거라고 생각했지만……. 어쩌면 너는 준비가 안 됐을지도 모르겠다는 생각이 들어. 누군가와 사랑하기에는."

"그게 무슨 소리야……?"

연이는 막 울먹이려는 소리로 되물었다.

"지금 나는 네가 무슨 말 하는지 잘 모르겠어. 좀 감정을 가라앉힌 뒤에 다시 이야기하는 게 어떨까? 지금으로서는……."

"아니, 난 지금 멀쩡해. 또다시 내가 받은 상처를 정확하게 마주할 만큼, 멀쩡해."

나는 가능한 무미건조하게 말했다. 울고 싶지 않았다.

"…… 상처 줘서 미안해. 진심으로. 그러니까 나중에 이야기하자, 응?"

"나는 진심으로 너와 잘해보고 싶었어. 오랫동안 잊어버렸던 감정을 너로 인해 느꼈고, 내 모든 걸 쏟아 부어도 괜찮다고 생각했어. 그래서 매 순간 최선을 다했어. 가끔씩 싸우기도 하고, 서로 이해할 수 없는 부분이 생겨도, 잘 극복하고 이겨 내보려고 애썼어. 언젠가 나아질 거라는 희망을 잃지 않으려고 안간힘을 썼어."

"……."

"내겐 무엇보다도 우리의 관계가 소중했어. 살면서 내 곁에 둔 어떤 것보다도 소중하게 여겼어. 내가 그런 모습을 보여주면, 너도 언젠가 그렇게 해줄 거라고 믿었어. 그런데 내 눈에 너는, 그저 무너지기 쉬운 너 자신과 네 자존심을 지키기 바쁜 것처럼 보여. 나와 달리 네가 소중하게 여기는 건 사랑받는 네 자신이지, 최선을 다해 사랑하는 나와 우리의 관계가 아닌 것 같다는 생각, 아니, 확신이 들어. 이제는."

"…… 그래, 그랬구나."

연이는 잦아든 목소리로 대답했다.

"그래. 나는 널 사랑했어. 몇 년 전부터 죽은 것과 다를 바 없었던 나 따위보다 훨씬, 훨씬 소중한 존재로 여겼어. 오랫동안 너와 함께 하고 싶어서, 내가 가진 진심을 빠짐없이 이야기해왔어. 서로 어려워하는 것들을 솔직하게 이야기하고, 끊임없이 노력하는 모습으로 말이야. 네가 내 이야길 그저 기 싸움이나 자존심 부리기로 받아들이는 동안……. 나는 나의 결함과 실수들을 되짚어보며 뭘 더 노력할 수 있을지를 골몰 했어."

"내가……. 내가 미안해. 내가 지금 할 수 있는 게

있니? 너한테 너무 많이 상처를 줘서 미안해. 그래서 이런 말을 하게끔 해서 미안해……."

"미안해하지 마. 난 그저…….'

나는 이미 울고 있었다. "나 역시 준비가 안 됐던 것 같아. 나는 사랑할 준비가, 아무리 상처받아도 견뎌낼 준비가 됐다고 생각했는데……. 있지, 나는 더 이상 사랑할 수 없는 줄로만 알았어. 내게 남은 사랑이 모두 바닥나서, 상처받는 게 너무 두려워서. 사랑할 수 있는 게 하나도 없어지니까 그땐 죽고 싶었어. 그래서 죽으려고 했고. 그러다 연이 네가 나타난 거야. 다 사라진 줄 알았던 마음이 샘솟아 났지. 나 자신과 비교도 할 수 없이 사랑스럽게 느껴졌어. 나처럼 보잘것없는 인간이라도 네게 도움이 될 수 있다면 뭐든 하고 싶다는 생각이 들었어. 네 덕분에 글도 더 쓰고 싶어졌고, 더 나은 사람이 되고 싶어졌고, 계속 살아가고 싶어졌어."

"……."

연이는 고개를 바닥에 처박은 채 흐느끼고 있었다. 나는 그 모습을 똑바로 응시하면서, 흐느끼는 목소리로 계속 말을 이어갔다.

"너와 함께 있었던 시간이…… 나는 정말 행복했

어. 후회도 없어. 정말 최선을 다했으니까. 그저 우린 준비가 되지 않았던 거야. 조금 더 좋은 상황에서 만났다면, 더 오래 함께할 수…… 있었을지도 몰…… 라, 아……."

나는 목이 메어 더 이상 말할 수 없었다. 양손으로 얼굴을 가리자 기다렸다는 듯 눈물이 터져 나왔다.

"내가 잘못했어. 내가 미안해. 네가 이 정도로 상처받을 줄 몰랐어. 나밖에 몰라서 미안해. 네가 그렇게 노력해주는데, 자존심 부리고 못되게 굴어서 미안해. 사실은 진심이 아니었어. 널 상처 주기 위해서 했던 말이야. 네가 한 말이 날 상처 주려고 하는 건 줄 알았어. 그래서 그랬어. 미안해. 이렇게 늦게 이야기해서 미안해……."

연이는 온몸으로 바닥에 엎드려 우는 나를 감싸안으면서, 몇 번이나 미안하다고 말했다.

"왜…… 왜 아까 그만두지 않았어? 왜 내가 애원할 때는 멈추지 않았어?"

"미안해, 잘못했어." 연이가 대답했다.

"어째서 내 말을 믿어주지 않았어? 왜 헤어지자는 말까지 의심해야 했어?"

"미안해, 잘못했어." 연이가 대답했다.

"왜 내가 이렇게 울어야 날 안아주는 거야? 조금
만 날 소중히 대해달라고 했을 때는, 그렇게 차갑게
대했으면서⋯⋯."

"미안해, 잘못했어." 연이가 대답했다.

"나한테는 너무 소중한 마음이었어. 다 사라진 줄
알았고, 앞으로 또 다시는 없을 것 같은⋯⋯. 나한테
는 다시 살아가고 싶을 만큼 소중한 거였는데, 너한
테 줬어. 상처받는 게 두려웠지만 죽을 각오로 용기
를 냈어. 그런데 넌 그 마음을 갖다가⋯⋯ 네 알량한
자존심을 채우는데 써버렸어⋯⋯. 왜 그런 거야? 내
가 그렇게 호소했는데도⋯⋯."

"미안해, 내가 잘못했어⋯⋯."

연이가 또다시 대답했다.

"나는 몇 번이고 사과할 거야. 사과할 수 있어. 네
가 다시 돌아와 준다면⋯⋯. 예전만큼 날 사랑해주
지 않아도 돼. 똑같이 소중하게 대하지 않아도 돼.
옆에 있어만 준다면 이제는 정말 최선을 다할 거야.
떠난다는 말은 하지 마. 부탁이야. 제발."

나는 애원하는 연이의 모습을 올려다봤다. 어째선
지 몇 년 전의 내 모습이 겹쳐보였다. 이미 지나가
버린 시간, 뱉어버린 말, 저질러버린 행동을, 어떻

게든 되돌려보겠다며 연신 눈물을 떨구던 그때의 내 모습. 별안간 현기증이 몰려와 아득해졌다.

　사랑이란 시간이 흐를수록 더 어지럽고 복잡해지는 것이 꼭 엔트로피 같다. 시간이 존재하는 한 우주는 항상 무질서한 방향으로 흘러간다. 어쩜 사랑에도 열역학 법칙처럼 정해진 수명과 끝맺음이 있을지 모르는 일이다. 그토록 거대하고 위대했던 마음도 언젠가는 바닥을 보일 것이다. 우주가 제아무리 넓어도 무한하다 할 수 없는 것처럼.

　그러나 이튿날 아침, 나는 놀랍게도 엔트로피의 역전을 경험하고 말았다. 완전히 바닥나 수명을 다한 줄 알았던 화학작용이, 하룻밤 사이에 원상태로 돌아와 있었던 것이다. 혹시나 남아있는 게 없는지 몇 번을 확인했었는데도. 티끌만큼의 마음도 없어 꼼짝없이 끝장난 줄로만 알았는데도.

　아무 생각 없이 눈을 비비며 일어나서, 꼴깍꼴깍 물을 마신 다음, 도로 잠들 생각으로 침대에 돌아갔더니 거기에 연이가 있었다. 내가 나 자신보다 아꼈던 사람이 밤새 울다 잠들어 있었다. 정말 우습게도,

나는 그 모습을 보자마자 사랑의 감정이 치밀었다. 불과 어제만 해도 차갑게 식어버린 줄 알았는데. 미워했던 마음은 온데간데없이, 당장이라도 내가 가진 모든 것을 내주고 싶은 마음이 굴뚝같았다.

나 자신조차 이해할 수 없었다. 이게 말이 되나? 텅 비었던 마음이 고작 몇 시간 만에 되돌아가 버리는, 우주의 법칙을 송두리째 무시하는 작용이 이토록 보잘것없는 일에서 발생한 것이다. 마치 다른 차원에 있는 나에게서부터 첫사랑을 빌려오기라도 한 것처럼.

곤히 자고 있는 연이의 얼굴을 가만히 들여다봤다. 얼마나 울어댔는지 눈이 퉁퉁 부어 벌겋게 된 색이 바로 보였다. 나는 연이의 이마에 입을 맞췄다. 그리고 그대로 곁에 누워 다시 잠에 들었다.

몇 시간쯤 지나 완연한 아침이었다. 나는 여느 때와 달리 일찍 잠에서 깼고, 연이가 깨는 시간에 맞춰 간단한 식사를 준비했다. 마주앉은 우리는 말없이 음식을 먹어 치웠다. 그러고 나서 서로를 껴안고 소리 없이 울었다.

여전히 함께라는 사실이 얼마나 다행스러운지. 마치 긴 악몽에서 깨어난 기분에 휩싸였다. 그 순간 비

로소 깨달았다. 사랑이란 영원히 지지 않는 벚꽃이
아니라, 수없이 떨어지고 다시 피어나는 계절이라는
것을.

소한小寒

모든 게 얼어붙는다. 마음을 느긋하게 먹고
미뤄놓은 일을 처리해야 한다. 쌓인 눈을 쓸
어내며 또 한 해를 넘긴다.

사랑하기 좋은 계절에

일주일 내내 흐리고 꿉꿉한 날씨가 이어지고 있었다. 나는 오랜만에 해가 부쩍 내리쬐는 날에 밖으로 나왔다. 연이는 나를 신촌에 있는 한 중견병원 입구에 내려다 줬다.

　　"올 때마다 이 주변은 주차할 곳이 마땅찮다니까"

　　연이가 말했다.

　　"아무튼 다녀와. 요 근처에 대충 차 세우고 기다리고 있을 테니까."

　　"그래. 고마워."

　　나는 차에서 내려 병원 입구 쪽으로 향해 걸었다.

병원 내부는 퍽 한산했다. 2년 전에는 어땠었지? 좀처럼 기억이 나지 않았다. 아마도 당시에는 당장 부러진 뼈가 아프기도 했거니와 터무니없을 정도의 자기연민에 빠져있던 터라, 주위 상황에는 신경 쓸 겨를이 없었던 모양이다.

나는 접수표를 끊고 자리에 앉았다. 환자복과 평상복을 입은 사람들이 제각기 시선 맞은편을 교차해 지나다녔다.

"상태가 아주 좋네요. 실밥도 풀었고, 따로 통증도 없고."

의사 선생님은 내 상반신 엑스레이 사진을 휙 훑어보며 말했다. 내 뼈에 철심을 넣고 빼는 수술 두 번을 모두 집도한 선생님이었다. 말하자면 주치의라고 할 수 있는 분이었다.

"앞으로 2, 3개월만 조심해서 다니면 됩니다. 아무래도 철심을 빼고 남은 구멍에 뼈가 붙어야 하니까."

"아, 주변이 좀 가려운 거는." 내가 물었다.

"역시 시간이 지나면 이것도……."

의사 선생님은 말없이 고개를 끄덕이며 웃었다.

수술을 하고, 검사를 받고, 소독을 하고, 또다시 수술을 하고, 검사를 받고, 소독을 하면서 십수 번쯤은 만났지만 웃는 표정은 그때가 처음이었다. 난 당황한 나머지 어떤 표정을 지을까 우물쭈물하다가 결국 웃어버렸다.

"이제는 병원 안 와도 돼요."

선생님은 퍽 즐거워 보이는 표정이었다.

"네."

"고생 많았어요. 잘 가요."

나는 의사 선생님의 짧은 인사를 뒤로한 채 진료실을 빠져나왔다. 장장 2년간의 치료가 마무리되는 순간이었다. 문득 나는 의사에게 있어 이별이란 슬프기는커녕 꽤 기쁜 일일 수도 있겠다는 생각이 들었다.

내가 사진을 찍고 진료실에 다녀오는 동안, 로비의 접수 대기자는 더 많아져 있었다. 누군가는 통화를 하고 있고, 또 누군가는 근심 섞인 표정으로 고개를 푹 숙이고 있고, 오른손 깁스를 한 젊은 남자는 반대쪽 손으로 휴대폰 화면을 쳐다보는 중이었다.

그 사이를 뚜벅뚜벅 걸어 병원 밖으로 나왔다. 쨍쨍한 햇살이 사방을 환히 비췄다. 그렇지. 오랫동안 어두운 터널을 지나다 보면 좀처럼 잊어버리고 만다. 아무리 긴 터널이라도 언젠가 끝이 있다는 것을.

연이는 병원 정문에서 멀지 않은 곳에 차를 세워놓고 있었다.

"기분은 좀 어때?"

연이는 내가 미처 차에 오르기도 전에 질문했다.

"아니, 어떻기는⋯⋯." 새초롬하게 대꾸했다.

"잘 실감이 안 나. 이제 끝났다는 게. 좀 얼떨떨한데."

"싱숭생숭해?"

연이가 차에 시동을 걸며 물었다.

"그렇지, 뭐. 이 병원도 다시 올 일이 없다니까 기분이 희한해."

나는 차창 밖 저 너머의 병원 입구를 쳐다봤다.

"2년 전에는 모든 게 악몽 같았는데. 저 병원 입구부터, 무뚝뚝한 의사 선생님까지."

"다시 올 일이 없다고 할 순 없지. 워낙 잘 다치시는 양반이라⋯⋯."

"아, 누가 다치고 싶어서 다치나?"

"하하. 내 얘긴 좀 조심하라는 거지, 그냥"

사랑하기 좋은 계절에

연이는 핸들을 돌려 젖히며 너털웃음을 지었다.

"하긴 뼈를 부수고 싶어서 부수는 사람이 어딨겠어."

"있다면 그건 정말 미친놈이지. 너는 뼈 부러져본 적 없다고 했나?"

"응. 여기저기 많이 다치긴 했는데. 골절된 적은 없어."

"우리 몸에 안 부러지는 뼈 같은 건 없어. 너도 조심해야 해."

"글쎄, 한 번 부러지면 계속 부러진다던데?"

연이는 질문인지 뭔지 모를 말을 했다.

"…… 뼈가 또 부러지면 어떡할래? 부러진 데가 또 부러진다거나……."

"끔찍한 소리 하지 마."

나는 신경질을 냈다.

"상상도 하기 싫어."

"어떡할 거냐고."

"…… 이미 부러진 거면 내가 어쩌겠어?"

병원 건물은 도로 저편으로 차츰차츰 멀어져가다가, 이내 건물들 사이로 자취를 감췄다.

"도로 붙을 때까지 또 아파해야지."

쇄골의 상태는 날이 갈수록 좋아졌다. 수술 직후의 염증 때문인지 가려웠던 것도 사라졌다. 철심 때문에 한 개 하기도 벅찼던 팔굽혀펴기도 어느덧 서른 개를 넘겼다. 엄두도 못 냈던 턱걸이 역시 다섯 개까지 할 수 있게 됐다.

"확실히 운동을 하긴 했구나, 네가."

연이가 새삼스럽다는 투로 말했다.

"다치기 전에는 이거보다 더 잘했어."

내가 말했다. 일부분 사실이었다.

"그동안 몸이 아주 엉망이 됐네. 겨우 이거 하고 이렇게 힘들 줄이야."

"흠. 그래? 그때가 그리워?"

"아니." 나는 다시 팔굽혀펴기 자세를 잡았다.

"이제 그때보다 훨씬 더 잘해질 거니까."

"멋진 말인데."

"그치? 나도 말하고 나서 놀랐어, 헤헤……."

내가 말했다. 연이는 싱긋 웃더니 내 볼기짝을 찰싹 때리고 가버렸다.

그렇게 크게 다치고 나서 바뀐 것이 하나 있다면, 지나간 일에 대한 생각을 거의 하지 않게 됐다는 점이다. 물론 내게도 즐거운 한때가 있었다. 이따금 그리워질 만큼 행복한 기억이 있다는 건 실로 행운이기도 하다.

그러나 그저 돌아가고 싶은 추억은 현재를 비참하고 슬프게 만들어 버린다. 생각해보면 내게 돌아가야 할 첫사랑 같은 건 없었다. 앞으로 나아가야 할 새로운 사랑들이 있을 뿐이었다. 끊임없이 상처 주고, 상처받고, 도로 낫고 다시 나아가는 시간들 말이다.

"아, 조금만 천천히 가줄래? 아직 어색하다니까!"

나는 저 멀리 앞서가는 연이의 뒷모습을 보고 외쳤다.

"알았어, 알았어."

연이는 이내 속도를 늦춰 내 옆으로 왔다.

"그래도 페달은 잘 밟네, 뭐."

"아, 제기랄."

나는 자전거 기어를 최하로 맞추고 아주 천천히 페달을 밟아 돌렸다.

"도림천에는 사람이 너무 많아."

"이 정도면 많은 것도 아니야. 그리고 자전거 도로

로 가는데 뭐, 무서워할 필요 없다니까."

"나도 무서움이 불필요한 거라고 생각한 적이 있었어. 뼈가 박살나기 전까지는."

내가 말했다.

"나는 네가 아예 다 까먹어버린 줄 알았지. 자전거 타는 법을."

"몸에 붙어 있긴 한데, 이게……. 알잖아. 방법을 아는 거랑 직접 할 줄 아는 거에는 엄청난 간극이 있는 거야."

"그럼 계속 타서 몸에 익히는 수밖에 없겠네."

연이는 벌컥 속도를 내더니 도로 앞서가기 시작했다.

"이대로 신대방까지 가자! 출발!"

"신대방이라고?"

나는 어처구니가 없었다.

"아깐 신림까지만 간다며!"

대한大寒

봄처럼 푸근하고, 비가 쏟아지고, 눈보라가
치며 모든 게 얼어붙기를 오간다. 이날 밤을
'해넘이'라고 한다.

그 뒤로도 우리는 많이 싸웠다. 봄에 들어 가로수 길의 벚꽃을 마주할 때보다, 장마철에 우수수 비가 내리는 것보다, 가을에 길을 걷다가 마른 낙엽이 발에 밟히는 것보다, 한겨울 산등성이에 눈보라가 치는 것보다 더 많이 싸웠을 것이다. 얼마나 투닥거렸는지 골백번 싸워댔다는 말도 와닿질 않는다.

당최 몇 번이나 싸워왔는지, 크고 작은 싸움이 있을 때마다 세어놓았다면 꽤 재밌었을지도 모르겠다. 확실한 건 우리가 골백번 싸우고 나서도, 골백번 하고도 한 번 더 화해를 했다는 사실이다. 그래서 나와 연이는 지금껏 서로의 곁에 있다. 참 다행스럽게도.

사랑하기 좋은 계절에

이쯤 되다 보면, 여기까지 읽고 있던 당신으로선 좀 어이가 없을 수도 있을 것 같다.

'뭐야? 계속 싸우면서 계속 만난다니. 좀 더 나은 관계로 나아가거나 해야 하는 거 아니야? 무슨 에세이가 이 모양이지?' 같은 생각을 하고 있을지도 모른다.

그러나 내 생각에, 연인과 전혀 싸우지 않는 방법은 처음부터 연인을 만들지 않는 것뿐이다. 정말 사랑하는 연인과는 어떻게든 싸울 수밖에 없다. 겉으로 드러나지 않는다고 할지언정 얕던 깊던 속앓이라도 하게 되는 법이다. 만약 상대방에게 바라는 것도 없고, 해주고 싶은 것도 없다면, 과연 그 관계를 사랑이라 말할 수 있을까. 잘 모르겠다. 적어도 내게 그런 사람이란, 연인은커녕 관심도 흥미도 일절 없는 타인에 불과하기 때문이다.

나는 사랑하기 때문에 기대하고 좌절한다. 주체할 수 없이 설레고 답답해한다. 흥분하고 축 가라앉는다. 황홀해지고 우울해진다. 밀어내고 도로 껴안는다. 꼴도 보기 싫었다가 한없이 그리워한다. 내일이 없는 것처럼 싸우고 처음 보는 사람처럼 화해한다. 한때는 콱 죽어버리고 싶었지만 요새는 영원히 살고 싶다. 좀처럼 이해되지 않지만 이해할 필요가 없다는 것쯤은 이해하고 있다. 당신이 찾던 답과 다르다면 좀 미안하지만, 그래도 태양은 다시 떠오른다.

결국 사람은 태어나 죽을 때까지 어떤 사랑을 향해 살아갈 뿐이다. 그래서 그 사이의 과정을 삶이라 부르는 모양이다. 사람과 사랑, 딱 그 중간쯤 되는 발음으로.

나는 전시회를 자주 가는 편은 아니다. 스스로 무슨 교양이 있는 인간도 아닌 것 같고, 애초에 밖에 나가는 일 자체를 귀찮아하기 때문이다. 대학에 다니던 시절에는 혼자 영화관에도 가곤 했는데, 이젠 그나마도 집에서 TV로 본다. 그런 주제에 한 달에 한 번꼴로 이런저런 전시회에 가게 된 이유는 두말할 것 없이 연이에게 있다. 그림 그리는 데는 꾸준히 레퍼런스가 필요한 법이라나? 나야 그리는 처지가 아니니 알 턱이 없다. 별수 없이 가자는 대로 따라가선, 최대한 눈살을 찌푸려가며 뭐라도 찾아보려 애쓴다. 가끔은 애쓰는 내 모습이 재밌어서 가는 건지도 모르겠다는 생각도 든다.

한 번은 경기도 광명에 있는 한 전시관까지 헤르만 헤세의 전시를 보러 갔다. 헤세는 내가 가장 좋아하는 작가이기도 하거니와 마침 연이도 〈데미안〉을 며칠째 읽고 있었던 참이었다. '새는 알을 깨고 나온다'라는 경구가 꽤 인상적이었는지 블로그 제목까지 똑같이 바꿔놓았다. 연필로 엉성한 모양의 새까지 그려놓고서.

아무튼 나로서도 꽤 인상적인 전시였다. 화가로서의 헤세를 조명하긴 했지만, 아무렴 소설가로서의 정체성이 있기 때문인지 인용문이며 일대기 같은 읽을거리가 다른 전시에 비해 많아 좋았다.

연이가 다른 그림들을 뚫어져라 쳐다보는 동안, 나는 헤세가 썼다는 어느 구절을 몇 번이나 반복해 읽었다. 그렇게 내 기억 속에 넣어둔 문장의 내용이란 이렇다.

> 평화는 어느 순간의 어떤 계기로
> 영원히 찾아오는 것이 아니다.
> 매일의 평화를 얻기 위해서는
> 매일같이 필사적으로 싸워
> 쟁취하는 수밖에 없다.

사랑이 전부라는 혜세의 글귀 앞에서, 나는 불현 듯 우리의 관계를 떠올렸다. 마침 우리는 그 전시회를 보기 위해 광명으로 달리던 차 안에서도 싸웠던 차였다.

그때부터 '사랑하는 사람과 이렇게 많이 싸워대다니. 어쩌면 우리는 안 맞는 관계일지도 몰라' 같은 생각은 한동안 접어놓기로 했다. 그 대신 어떻게 하면 더 '좋은 싸움'을 할 수 있을지, 매일의 평화를 위해 우리가 함께 할 수 있는 노력이 어떤 것들이 있는지를 고민하기 시작했다.

나는 한결 나아진 기분으로 전시장을 나왔다. 평일이어선지 주변은 제법 고요했다. 도시는 정오 무렵의 햇빛을 수십 군데로 반사시키고 있었다. 대체로 화창한 날씨였고 가끔 바람이 불었다. 우리는 근처 카페에 마주 앉아 커피를 한 잔씩 마셨다.

"그래도 바람이 꽤 따뜻해졌어. 그치?"

나는 대뜸 연이에게 말을 걸었다.

"그러게"

연이가 그대로 창밖을 바라보며 대답했다.

"이제 겨울옷은 집어넣어도 될까 봐. 그리고 봄옷도 좀 사야겠다"

"옷을 또 산다고?"

"그럼. 매 계절에는 그 계절에 맞는 새 옷이 필요한 법이야. 다 알면서 물어? 히히……."

연이는 뻔뻔하게 대답해놓고 퍽 멋쩍다는 듯 웃어 보였다. 시리도록 하얀 햇살이 유리 벽을 뚫고 들어와 연이의 머리 절반을 적시고 있었다.

"…… 그럼, 물론 필요하겠지"

마침내 나는 대답했다.

"새로운 계절이 오면"

연이가 아무 대답도 없이 미소 지었다. 그러자 나도 새삼스럽다는 기분이 들어 웃었다.

앞에 놓여 있던 커피잔을 들어 한 모금 홀짝였다. 라떼는 딱 마시기 좋은 온도로 식어있었다. 그동안 카페에는 몇 명의 사람들이 조잘거리는 소리, 들릴 듯 말 듯한 오전의 재즈 선율이 뒤엉켜 오묘한 화음을 자아내고 있었다. 또 한 번 봄이 오는 모양이었다.

마치며
: 사랑하는 것들에 대해

　세상의 모든 일들은 결국 사람과 사랑에 관한 것
으로 귀결된다. 누구나에게 해당되는 이야기인지는
잘 모르겠지만, 적어도 내 짧은 인생에서만큼은 그
랬다.

　한편 사람 그리고 사랑의 소중함이란 나이를 먹어
갈수록 더 희미한 개념이 되곤 한다. 하기야 TV 다
큐멘터리에 등장하는 여느 금슬 좋은 노부부의 이야
기 같은 것들을 보면 꼭 그렇지만도 않은 것 같지만,
여태껏 내가 봐왔던 어른들 가운데 사랑하는 일의
중요성이라거나 진정 사랑해야할 필요 같은 것들을
입 밖에 내는 사람은 한 명도 없었다.

　물론 사랑의 형태는 각양각색이고, 어떤 사랑이 도

구로서 이용되거나 목적성을 띤 채 유지되는 모습이 슬프다할지언정 잘못됐다 말할 순 없을 것이다. 다만 나는 오랜 시간이 흘러 내가 '그건 확실히 사랑이었다'고 말할 수 있는 감정에 대해 쓸 수 없게 될지도 모른다는 생각이 들었다. 내가 꼭 지금껏 마주쳤던 어른들처럼 변하리라는 법은 없지만, 불과 몇 년 전의 나 역시 지금과 같은 어른이 되리라곤 상상하지 못했으니까. 결과적으로는 내가 사랑에 대해 조금이라도 알고 있을 때 최대한 글로 써서 남겨보자는 생각에 다다랐고, 때마침 출판사의 연락이 닿아서 타이밍도 아주 굿이었다.

나라고 한들 사랑에 대해 어느 고매한 사상이 있어 이런 책을 쓴 건 아니다. 책이란 게 누가 봐도 잘난 사람들만 쓸 수 있는 것이었다면 나 같은 인간이야 한 권도 내놓지 못했을 게 자명하다. 다행히도 세상이 참 좋아진 덕분에 이런 개뼈다귀 같은 놈한테도 출판사가 연락을 해왔는데, 마침 쓰고 있던 장편소설도 탈고했거니와 한결 가벼운 마음으로 꾸준히 작업할 겸 에세이를 쓰기로 한 것이다.
짤막한 시에 서정적인 일러스트를 섞어 내는 요즘

의 유행을 따라 쓰고 싶진 않아서, 그나마 이름이라도 아는 수필 작가의 이름을 대며 '그런 느낌은 어떻습니까'라고 제안했더니 의외의 반응이 돌아왔던 것이다.

"하하, 어차피 그런 느낌으론 안 쓰실 거잖아요?" 출판사 담당 편집자가 이야기했다. "우리가 작가님한테 바라는 것도 아니고요"

이런 대화가 오갔던 고로 나는 아주 편안하게 작업을 시작해 끝마칠 수 있었다. 기획에서부터 물심양면으로 도와주신 정소연 에디터님 및 기타 출판사 관계자 분들께 심심한 감사의 말을 전한다. 솔직히 정말 감사하면 직접 찾아가서 장어구이라도 사드리는 게 맞지만, 그건 이 책이 잘 팔려서 4쇄 5쇄 찍고 인세가 팍팍 나온 뒤에 실천하기로 했다. 그만큼 안 팔리면 열 개들이 알로에 주스 세트밖에 도리가 없겠지만. (웃음)

나는 내 글이 잘 팔리는 글이라 생각하지 않는다. 근본도 기본도 없는 주제에 제멋대로이기나한, 문자 뜻 그대로 오랑캐 같은 글에 가깝다. 그나마 포스트모더니즘의 영향으로 이런 개망나니 같은 글도 좋아해주는 분들이 있다는 건 다행스럽다. 난 그저 내 남은 시간과 글 그리고 사랑 같은 것들을 몽땅 독자들에게 내어줄 생각이다. 단순히 책 한 권만이 아니라.

　사람은 대개 커갈수록 더 복잡한 세계를 이해하고, 어려운 연산과 깊은 사유를 할 수 있게 된다. 다만 그 반작용 때문인지 너무 단순한 것들은 잊어버리고 마는 모양이다. 예컨대 나는 고등교육 과정을 거치면서 '구분구적법'이며 '미적분의 기초'같이 지금 와선 하등 쓸모도 없는 지식을 얻을 수 있었지만, 그 대가로 '숫자 3이 얼마나 재미있게 생겼는지' '42가 얼마나 슬픈 숫자인지'처럼 단순한 사실들은 영영 잊어버렸다.

　인간관계는 얼핏 단순하고 간단한 것으로 비춰지다가도, 어느 순간 돌변해 가늠할 수 없으리만치 복잡하게 느껴진다. 더욱이 사랑은 불규칙적인데다 정신을 송두리째 앗아가곤 해 정상적인 판단조차 어렵게 만든다. 이렇다보니 사람이 두렵고 불안한 건 별 수 없는 일이고, 사랑하는 존재 대신 사랑받을 수밖에 없는 존재가 되기 위해 안간힘을 쓰게 된다.

　그런가하면 이성적이고 합리적이며 사회적으로 정상이라 판단되는 범주 속에 나 자신을 끼워 맞추기

도 한다. 가장 본질적인 나로서의 감정은 어느 순간
틀어 막힌다. 갇힌 감정은 언젠가 보가 터져 나오지
만, 그때쯤 돼선 명확한 이유도 증상도 알 수 없다.
사회적 동물인 사람은 타인과의 관계 없인 살 수 없
지만, 역설적이게도 타인과의 관계는 사람에게 불가
해한 마음의 질병을 야기하는 것이다.

  그럼에도 불구하고 우리는 사람이며, 사람인 이상
사람과 사랑을 찾아 나설 수밖에 없는 운명에 처해
있다. 이렇게 보면 여느 인간의 삶만큼 비극적인 것
도 따로 없는 셈이다. 나는 이처럼 비극적인 인류
의 한 개체로서 이 책을 썼다. 만남과 헤어짐 가운데
서 끊임없이 표류하는, 존재 여부조차 불분명한 어
느 종점을 찾아 떠돌고 있을 어떤 시간의 나와 그 이
웃들을 위해 썼다. 영원히 꺼지는 촛불은 없다. 모든
벚꽃이 시들어 떨어진들 우리는 계절처럼 사랑을 맞
이할 것이다. 나의 이십대와 당신의 이십대, 그리고
먼 훗날 이 책의 이 대목을 추억처럼 읽어갈 내 모습
마저 아스라이 지나가 되돌아오듯이.

사랑하기 좋은 계절에

초판 1쇄 발행 2019년 09월 04일

지은이   이묵돌
발행인   정영욱

책임편집   김 철
편 집 자   정소연
표지 디자인   김 철
표지 일러스트   오하이오 (Ohio)
도서기획제작팀   김 철 여태현 김태은 정영주 정소연
디자인·마케팅팀   유채원 홍채은 김은지
영업팀   정희목
인 쇄   (주)예인미술

퍼낸곳   (주)BOOKRUM
주 소   서울특별시 구로구 구로동 237 지하이시티 1813호
전 화   070-5138-9972~3 (도서기획제작팀)
이메일   editor@bookrum.co.kr
홈페이지   www.bookrum.co.kr
인스타그램   @bookrum.official
블로그   blog.naver.com/s2mfairy
포스트   post.naver.com/s2mfairy